JR上野站
公园口

〔日〕柳美里 著

李讴琳 译

JR上野駅
公園口

人民文学出版社
PEOPLE'S LITERATURE PUBLISHING HOUSE

著作权合同登记号　图字 01-2023-4795

JR UENO-EKI KOEN-GUCHI by Yu Miri
Copyright © 2014 by Miri Yu
All rights reserved
First published in Japanese by Kawade Shobo Shinsha Publishers，Tokyo.
Simplified Chinese edition published by arrangement with the author c/o Michael Kevin Staley，Tokyo.

图书在版编目(CIP)数据

JR 上野站公园口/(日)柳美里著；李讴琳译.—
北京：人民文学出版社，2024
ISBN 978-7-02-018361-6

Ⅰ.①J… Ⅱ.①柳… ②李… Ⅲ.①中篇小说-日本
-现代　Ⅳ.①I313.45

中国国家版本馆 CIP 数据核字(2023)第 225990 号

责任编辑　胡司棋　邰莉莉
封面设计　李苗苗

出版发行　人民文学出版社
社　　址　北京市朝内大街 166 号
邮　　编　100705

印　　刷　山东新华印务有限公司
经　　销　全国新华书店等

字　　数　79 千字
开　　本　787 毫米×1092 毫米　1/32
印　　张　4.75
版　　次　2024 年 1 月北京第 1 版
印　　次　2024 年 1 月第 1 次印刷

书　　号　978-7-02-018361-6
定　　价　45.00 元

如有印装质量问题,请与本社图书销售中心调换。电话:010-65233595

又一次听见那个声音。

那个声音……

他倾听着。

然而，他不明白那是感受到的，还是心里想的。

他也不知道它存在于内部，还是外部。

他同样不知道，那是什么时候，某个时候，那是谁，又曾经是谁。

那是重要的事情吗？

曾经是重要的事情吗？

究竟，是谁？

人生犹如一本书，一旦翻开第一页，就会有下一页。在一页接一页往下翻动的过程中，总会到达最后一页。然而，人生却和书里的故事迥然不同。虽然罗列着文字，标注着页码，却没有情节。虽然有结尾，却结束不了。

残留下来……

犹如拆除腐朽房屋后残留于空地上的庭园树木……

如同抽走枯萎花枝后残留于瓶中的水……

残留。

残留在这里的，是什么？

疲惫的感觉，是有的。

总是感到疲惫。

没有一刻不疲惫。

无论是在人生的逼迫下活着的时候，还是在逃离了人生而活着的时候……

他感到，自己并非明白地活着，只是曾经活过而已。

然而，结束了。

缓缓地，如同往常一样注视。

虽然不同，却又相似的风景……

痛苦，存在于单调风景中的某处。

在这相似的时间中，存在痛苦的瞬间。

看一看。

有很多人。

每一个人都不同。

每一个人都有不同的头脑，不同的面容，不同的身体，不同的心灵。

这一点，他明白。

可是，远远看去，他只觉得大家都一样，或者相似。

每一个人的脸，看上去都只是一片小水洼。

他在等待山手线内环列车进站的人群中，寻找初次下车站在上野站月台上的自己。

看着映在镜子、玻璃以及照片上自己的容貌，他从未有过自信。他觉得自己的容貌并不是很丑陋，却从来没有吸引过别人凝视的目光。

比相貌还让他痛苦的是沉默寡言和无能，而更加令他难以忍受的，是不幸。

运气不好。

又一次听见那个声音。只有那个声音，仿佛流淌着鲜血——有着鲜艳色彩的流动的声音——那时候，除了这个声音，他什么都听不见。那个声音在颅骨内侧四处奔跑，仿佛脑中有一个蜂巢，而成百上千只蜜蜂眼看就要一窝蜂冲出他的脑袋，喧闹、炙热而痛苦。他无法思考任何问题，眼睑犹如雨水击打一般抽搐、颤抖，他握紧拳头，浑身上下肌肉收缩……

尽管已被撕得粉碎，声音却没有死去。

那个声音——既不能抓住关起来，也不能带去远方。

既不能塞住耳朵，也不能离开。

从那个时候开始，他一直就在那个声音旁边。

在……

"开往池袋、新宿方向的列车即将进站，停靠 2 号站台。为避免危险，请您站在黄色安全线以外。"

呜——，轰，轰隆轰隆，轰隆轰隆，轰隆，轰隆，轰、隆，轰、隆，轰、隆，轰……隆。噗——哧——呼，呼——咔咔，咔，咔……咔……咔……轰隆……哧——呼呼，轰隆……

*

从 JR 上野站的公园口出站，走过人行横道，就是一片银杏树林。那里总是坐着一群流浪者。

坐在那里的时候，他感到自己如同父母早亡的独生子。可实际上，从未离开过福岛县相马郡八泽村的父母都活过了九十岁，尽享天年。他出生于昭和八年（1933 年），从那以后父母几乎每隔两年就会添一个孩子，多达七个。大女儿春子，二女儿富贵子，二儿子英男，三女儿直子，四女儿道子，三儿子胜男，四儿子正男。最小的正男和他差了十四岁，与其说是弟弟，更像是儿子。

然而，时光一去不复返。

在这里，独自一人，坐着，老去……

他在短暂的浅睡中疲惫地打起鼾来。他时而醒来，看见银杏树叶的影子描绘着摇曳的网状花纹，感到自己正在漫无目的地彷徨。可他明明就在这里，很多年都在这个公园里……

"够了。"

看起来正在睡觉的男子从嘴里一清二楚地吐出这两个字，白色的烟雾从口、鼻的洞穴里飘出来。他夹在右手中指和食指之间的香烟，似乎就要把手指烤焦。粗花呢的鸭舌帽、格子花纹的外套、茶色的皮靴——他的装束活像个外国猎人，尽管长年累月的汗液和污垢已经让人无法分辨它们原有的色彩。

沿着山下大街的坡道向莺谷方向行驶的汽车……当信号灯变绿，盲人钟的提示音"哔哔哔"地响起，走出上野站公园口检票口的人就会跨过人行横道而来。

男人身体前倾，注视着跨过人行横道走来的人——那些衣冠楚楚，有家可归之人——犹如在寻找可以让视线栖息停留的树木。然后，他用颤抖的手把香烟举到胡子拉碴的嘴边，仿佛他只剩下这点气力，吸上一口，又长长地叹口气，放下心里所想，展开衰老的手指，把香烟扔在地上，用褪了色的皮靴尖踩灭了烟头的火。

另一个男人也在睡觉，他脚边是一个九十升容量的半透明垃圾袋，里面装着他捡来的易拉罐，手里紧紧握着一把透明塑料伞，就像握着一根拐杖……

一个用橡皮筋把白发束起来盘在头上的女人，双臂叠放在身旁胭脂色旅行包上当作枕头，脸朝下趴在上面。

面孔变了，人数也减少了。

泡沫经济崩溃后流浪者人数增加，公园里除了散步道和设施，到处都被搭成的"小屋"占领，数量多得连地面和草坪都看不见。可是现在……

天皇家族成员每次来参观博物馆、美术馆之前，相关部门都要进行特殊清扫活动——"搜山"。帐篷被收起来，流浪者被赶出公园。等他们日暮时分回到原来的地方，会看见那里竖起了牌子，上面写着"草坪正在保养，请勿入内"，能够搭建小屋的地方又变小了。

上野恩赐公园的流浪者中，出生于东北地区的人很多。

上野站被称为"北国的大门"。在经济高速增长期，乘坐常磐线、东北本线的夜车出来打工，或是集体就业的东北年轻人，第一个下车的站点就是上野站。新年和孟兰盆节返乡时，能扛多少就扛多少行李钻进火车，也是在上野站。

五十年的岁月溜走，父母、手足逝去，本该返回的老家也没有了，流浪者就在这个公园里一天一天地活下去……

包围银杏树林的混凝土围墙上，流浪者坐在上面，不是在睡觉，就是在吃东西。

一个男人，藏青色棒球帽深深地扣在头上，身上是卡其色的衬衫、黑色的裤子，正在吃放在膝盖上的盒饭……

他们从来不会饿肚子。

上野有很多家老字号餐馆。有很多店铺达成默契，在闭店后不给后门上锁。进去会发现，没卖完的菜肴已经分装在干净的袋子里，放在厨余垃圾之外的架子上。便利店也会把过了保质期的盒饭、三明治、夹心面包等统一放在商店背后的垃圾场，在回收车拉走前去的话，可以想拿多少拿多少。天气暖和的时节必须当天吃完，冷的时候在小屋里放几天也没问题，用煤气炉加热一下就能吃。

每周二和周日的晚上，东京文化会馆会发咖喱饭，周五"陆地尽头耶路撒冷教会"、周六"神之爱传教者协会"

会到现场给大家做饭。"爱传教会"是特蕾莎修女派别的，"耶路撒冷教会"是韩国人办的。"你们悔改吧，天国已近"的旗帜飞扬，长发飘飘的年轻姑娘弹奏吉他哼唱赞美诗，留着卷曲烫发的阿姨拿着大勺子在大锅里来回搅拌……因为还有从新宿、池袋、浅草等地大老远赶来的流浪者，所以人多的时候会排起五百人左右的长队。赞美诗和教诲结束后就会分发食物。炒辣白菜和加有火腿、奶酪、香肠的盖饭、纳豆米饭和炒荞麦面、吐司和咖啡……你们要赞美主，赞美主，赞美主的名字，哈利路亚，哈利路亚……

"我想吃。"

"啊，你想吃？"

"我不想吃。"

"那妈妈吃了哟。"

"啊？诶——！"

一个五岁左右的小女孩，身穿犹如樱花瓣的淡红色半袖连衣裙，歪着小脸蛋，一边走一边仰视着她的母亲。母亲身上的豹纹连衣裙勾勒出她的身体线条，看起来像个陪酒女郎。

咔哒咔哒——一个身穿藏青色套装的年轻女子踩着高

跟鞋超过了母女俩。

突然，豆大的雨滴落下来，敲打在一片片正处于最茂盛时节的樱树叶上，又在仿瓷砖的白色铺装道路上留下黑色的印迹。人们撑开从包里取出的折叠伞。红色、黑色、粉色圆点、带白边的藏青色……

尽管下着雨，人流却没有停止。

两把并排撑起的雨伞下，两个穿着同样黑色西裤和宽松衬衫的老妇人一边说话一边向前走。

"从早晨开始就有二十二度左右吧？"

"是啊。"

"这是冷呢还是凉快呢？我快冻僵了。"

"是太凉快啦！"

"隆二夸他岳母做饭好吃，夸过头了。"

"诶？讨厌。"

"还叫我跟她学做饭呢。"

"真烦人啊，这雨。"

"梅雨季节嘛，还得忍大概一个月呢。"

"现在绣球花怎么样？"

"还没开呢。"

"枹栎呢？"

"也不是枹栎的季节吧。"

"这一带的建筑物变了吧？以前没有星巴克吧？"

"变漂亮了，对吧？"

这里的行道树是樱花……

每年四月十日前后，赏花的游客熙熙攘攘。

樱花开放期间，不需要"取饲料"。

赏花游客离开时会扔掉剩下的食物，吃他们吃剩的，喝他们喝剩的就行了。还可以用他们铺在地上的塑料布，换下用了一年皱巴巴还漏雨的小屋屋顶和墙壁。

今天是周一，动物园休息。

他从来没有带儿女来过上野动物园。

来东京打工是在昭和三十八年（1963年）的年末，洋子五岁，浩一才三岁。

熊猫来到上野，是在九年后。两个人都上中学了，已经过了想去动物园的年龄。

不仅是动物园，游乐园、海水浴场和登山他也都没带孩子去过。连开学典礼、毕业典礼、家长参观日和运动会也从未参加过。一次都没有……

回到父母、弟妹、妻子和孩子们等待他的福岛八泽村，一年只有盂兰盆节和新年两次。

唯有一年盂兰盆节，他得以提前几天回家，恰好赶上有一个庆典，于是领着孩子们去原町玩。

从鹿岛站乘坐常磐线，一站就到了。正值仲夏，天气热得让人只想睡觉。他的身体和心灵都在强烈的倦意中摇晃，孩子们的欢笑声、自己的含糊回答都像雾霭一样朦朦胧胧。列车撕开只有天空、山峦和田野组成的风景，加速穿过隧道。孩子们的四只手就像蝙蝠一样展开，和额头、嘴唇一起贴在只剩下青色和绿色的玻璃窗上。他深吸一口气，整个鼻腔都充斥着孩子们身上酸甜的汗味儿。有那么短短几分钟，他打起了盹，脑袋朝前一点一点的。

在原之町站下车时，检票口的车站工作人员告诉他们，在云雀之原好像可以花钱买票坐直升飞机，于是他右手牵着洋子，左手拉着浩一，沿着海滨大道向前走。

浩一和难得回家的父亲并不亲近，不撒娇也不耍赖，那时候却用力抓紧他的手说："爸爸，我想坐。"浩一的脸庞清晰地浮现在脑海中——孩子开口想说，又感到难以启齿，好几次胆怯地闭上嘴，最后脸蛋涨得通红，就像生气了似的。但是，他没有钱。那时候的三千日元，就是现在三万多吧……那是一大笔钱……

作为补偿，他给孩子们买了松永牛奶的馒头形状冰激凌，当时卖十五日元。洋子立刻就高兴了，浩一却背对着父亲哭起来。他抽泣着，肩膀随着呼吸上下起伏，他仰头看看搭载着有钱人家男孩飞上天空的直升机，又用拳头擦掉眼泪，一遍又一遍。

那一日的天空一碧如洗，就像一块蓝色的布料。他想让浩一坐直升飞机，但他没有钱，没有办法让他坐……这给他留下了遗憾。这个遗憾在十年之后的那一天，变成利箭刺穿他的心口，现在依然刺在那里，从来没有拔出来……

无论是如同刀伤一样鲜红的文字"上野动物园ZOO"，还是"儿童游乐场"的招牌和栏杆上穿着红、蓝、黄服装的小孩们的手指，都一动不动。

可是，虽然他犹如一根芦苇般颤抖着，想要尽可能讲述，却不知如何是好。他寻找着出口，就想看见出口，然而，既没有黑暗降临，也没有光芒照射……明明结束了，却没有结束……未曾停止的不安……悲伤……孤独……

风哗啦啦地穿过树林，树叶沙沙地摩擦作响，水滴也随之抖落下来，雨似乎停了。樱木亭印着白色"熊猫烧"①三字的粉色垂檐褪了色，红白双色的小灯笼摇摇晃晃，脚

---

① 熊猫形状的豆沙馅点心。——如无特别说明，均为译者注。

凳已经摆好，一个系着红围裙的女人正拿着笤帚在扫地。

樱木亭前面的木头长椅上坐着两位老妇人。右边那位披着白色开衫的老妇人从黄色布口袋里取出一个小相册，问道："我把照片带来了，你要看看吗？"翻开一瞧，是大约三十位老年男女排成三列照的合影。

比左边的白色开衫老妇人高出一头的黑色开衫老妇人，从挎在肩膀上的皮包里取出老花镜，开始用食指指尖在照片上画着犹如松弛弹簧似的圆圈。

"这个，你看，不就是山崎先生的太太吗？山崎先生也来了。"

"两个人总是一起来。一直就是恩爱夫妻。"

"这个人，是学生会主席……"

"清水先生。"

"这个是那谁，小朋！"

"笑容还留着以前的影子。"

"这个是你。好漂亮，就像女演员！"

"哪有啊，瞧你说的。"

两个老妇人相互依偎，投下一个影子。一只鸽子在影子里探头探脑慢悠悠地走动。

在两位老妇人头上，两只乌鸦交换着警告似的尖锐叫声。

"竹内先生旁边是山本先生吧？古董店的……这个人是园田芳子……"

"这是由美。"

"哦，由美。给优子守夜那天还见过。"

"都好几十年没见面了，可大家还是一眼就能认出来。"

"这个人是庶务的……庶务的……"

"饭山先生。"

"对，饭山先生。"

"他旁边呢？"

"嗯，是那谁嘛，宏美小姐？"

"对对对，宏美小姐。"

"这个是阿睦。"

"阿睦也不显老。"

"这是篠原小姐。"

"她总是穿着和服。"

"真漂亮啊！"

"这是小文、小竹、小千，这是仓田先生。只有他是其他班的。"

"哎呀，我没注意到。"

"仓田先生住在川崎，他说有一个得了阿尔茨海默病的老人在他家周围徘徊，可犯愁了。我们住在越后汤泽旅馆里的时候，晚上大家都睡了，就他一个人不睡觉，一边喝茶一边说，大家都钻进被窝了他还说个没完。"

"哎呀，真让人为难。"

"就是不好办嘛。仓田先生说呀，他一个邻居家的男主人到处徘徊，有时就站在他家院子里。"

"这可真麻烦呀。既然是邻居，就没法报警。"

他在外奔波的时候从来没有随身携带过照片。可是，经过的人、路过的地方、逝去的时间，总是近在眼前。他总是背对未来倒着走，只注视着过去而活。

那不是怀念、乡愁之类甜美的东西。现在总是让人无处容身，未来又总是令人畏惧，因而当他醒过神来，发现自己总是沉浸在一旦流逝便停留原地的过去的时间里。然而，时间是终止了吗，还是暂时停下了？有一天时光会倒流重来一次吗？还是说时间已经永远把自己排除在外了？不知道……不知道……不知道……

他和家里人一起生活的时候，从来没有拍过照片。

他刚懂事的时候正在打仗。粮食短缺，总是饿肚子。

幸亏他晚出生七八年，才躲过了上战场的命运。

同一个村落里，有十七岁志愿当兵的人，也有为了能在征兵体检中刷下来而喝掉一升酱油的人，还有假装眼瞎耳聋躲过征兵的人。

打了败仗后，比起悲伤自怜，更需要考虑的是让自己吃饱，把家人喂饱。让一个孩子吃饱饭都很艰难，更何况他还有七个兄弟姐妹。当时的浜通没有东京电力的核电站和东北电力的火电站，也没有日立电子和德尔蒙的工厂。田地多的农民单靠农业就足以填饱肚皮，可是他家里的田地数量微不足道，因而他从国民学校毕业后立刻就去磐城的小名浜渔港，包吃包住地打工了。

说是包吃包住，实际上渔港并没有准备宿舍和公寓，他开始在大型渔船上吃住生活。

四月到九月捕鲣鱼，九月到十一月还能捕获秋刀鱼、青花鱼、沙丁鱼、金枪鱼和比目鱼。

船上生活让人头疼的是虱子。每次换衣服会掉虱子，密密麻麻地黏在衣缝里，天气略微暖和点就能感觉到它们在背上蠕动。虱子让他伤透了脑筋。

他在第二年结束了小名浜的打工生活。

因为父亲在北右田海滨捕捞北极贝，所以他要去帮忙。

他驾着小木船出海，把捕捞蛤仔的铁耙沉到海底，没有钢缆就用绳子，使手拉用脚踩，反反复复一拉一踩，就这样和父亲两个人日复一日打捞北极贝。

同村的人和其他村落的人都在捕捞北极贝，没有给它们留下繁殖的时间，因而四五年间北极贝就捕捞罄尽。

长子浩一出生那年，他依靠从八泽村去北海道打工的叔叔的关系，来到北海道雾多布旁边的渔村浜中收割海带挣钱。

他在五月的长假里插秧，接着施肥、除草，一直忙到"追野马节"①。在相马，人们把"追野马节"当作一年里的一个时间节点，无论是农活、家里的改建维修，还是偿还债务，都爱说成"到追野马节为止"，甚至还产生了一个词语叫做"追野马节结账"。

追野马节在七月二十三日、二十四日和二十五日这三天举行活动。

第一天是小型活动。总司令从相马宇多乡的中村神社上阵，在鹿岛北乡本镇迎接总司令。宇多乡和北乡的骑马武士一起上阵，原町、中之乡的骑马武士从太田神社上阵，小高乡的骑马武士从小高神社上阵，浪江、双叶和大熊的标叶乡也会派出骑马武士上阵。

第二天是正式祭典。当海螺号角吹响，战鼓擂动

---

① 福岛县相马地区的传统祭典，来源于旧时的军事演习。

时，五百名骑马武士一起进军，在云雀之原进行"甲胄赛马"①，展开神旗争夺战。

第三天是捕捉野马。在小高神社，由缠着白色头巾、身着白衣的仆从徒手抓住悍马，将它作为祭品供奉于神社。

据说借马、备齐头盔铠甲需要花费好几百万日元，因此这个祭典和穷人毫无关系，但在五六岁的时候，他和父亲一起去了鹿岛的副总司令家，骑在父亲肩头观看了上阵仪式。

"十二点半出发。"

"十二点半，明白。传令兵立刻归营传令。完毕。"

"辛苦你了。与北乡武士汇合后，请共饮神酒。"

"共饮神酒。另，请原谅宇多乡营部骑马武士的失礼之处。传令兵立刻归营传令。"

"辛苦你完成任务。路上小心！"

"相马流山呐哎，呐哎，萨依——

你若想学呐哎，哎萨依——

五月中的申日呐哎，呐哎，萨依——

---

① 身着头盔、铠甲，佩戴刀剑赛马。

那是啊追野马呐哎，哎萨依——"①

武士们跨上各自的战马，在绿油油的田埂上前行。随风招展的旗帜各不相同，十分有趣。"啊，那面旗子是蜈蚣！""那面旗子上的马是倒立的！"他在父亲头顶上指着旗子大声呼喊。

火车花了两个昼夜才把他送到北海道打工。从鹿岛乘坐常磐线去仙台，再从仙台转乘东北本线到青森，坐青函联络船到达函馆后，已经是早晨了。

他必须从函馆乘坐函馆本线，越过十胜山脉和狩胜岭。然而坡度太陡，尽管有两台机车牵引也难以前进，速度慢得下车在外面小个便都能追上来。

那是南美智利发生九点五级大地震的那一年。据说雾多布也有十一个人因为海啸而丧生。他看见电线桩上缠着毛毯似的东西，大吃一惊，问比他早一些住在这里的叔叔："海啸的浪子打得那么高吗？是真的吗？"叔叔回答："是真的。说是有六米来高呢。雾多布昭和二十七年十胜冲地震的时候，也有很大的海啸，把雾多布和北海道本岛

---

① 相马"追野马节"时歌唱的民谣。

生生隔开，变成了一座岛呢。本来在以前陆地连接的地方有一座桥，这次的海啸把桥冲垮了。"两个人直挺挺地站在海边。

海里全都是海带。海带长的有十五米左右，因此要在船篙前端绑上杂木条，用它挂住海带拉到船边，再用手把它拽下来。回到岸边后，再用马车把海带拉上来，分成一条一条地晾晒。晒干了又晾新的，晒干了又晾新的……整个海滩因为铺满海带而变得漆黑。

干上两个月，到了十月初回家割稻子。这样的生活持续了三年左右。

父亲伤了腰，没有信心干农活了，胜男和正男想要继续读书，洋子和浩一接下来要花的钱也很多，于是他和父亲商量之后，决定去东京打工。

东京奥运会[①]前一年的昭和三十八年（1963年）十二月二十七日，临近年末的寒冷清晨，天还没有亮他就离开家去了鹿岛站，坐上了常磐线五点三十三分的始发列车。到达上野站已是午后。他记得，因为穿过了数不清的隧道，所以脸庞被蒸汽机车喷出的煤烟熏得黑漆漆的，使得他在月台上一边走，一边害臊得三番五次对着火车窗照自

---

① 此处指 1964 年东京奥运会。——编者注

己的脸，上下调整帽檐。

他住进了位于世田谷太子堂的谷川体育有限公司宿舍。那是预制装配式的宿舍，一个人六榻榻米①大的房间，厕所和浴室是公用的。早晨和晚上，会做饭的同事为大家做米饭、大酱汤和简单的下饭菜。因为是重体力劳动，所以不吃上两碗饭身体是支撑不了的。

当时没有盒饭之类便利的东西，就算有也没钱买，所以吃完早饭后，他在碗里装满米饭，用盘子盖上，再拿包袱皮儿紧紧捆好，就带着坐电车去工地了。至于下饭菜，因为他有一个小时的休息时间，所以能在工地附近的商业街买炸薯饼或者炸肉饼吃。

工作内容是土木工程，建设东京奥运会的田径场、棒球场、网球场和排球场等体育场馆。说是土木工程，其实他从未见过推土机、挖掘机之类的重型设备，而且打工者也不会操作，因而全靠人力用丁字镐和铲子挖土，再用两轮拖车运走。很多打工者都是东北地区的农民。大家都笑着说："挖土方的活儿和耕地是一样的。"他们也会结伴去喝酒。不知是幸还是不幸，他酒量很小。尽管如此，有几次别人说请客，他不好拒绝，也就陪着去了。可是，无论

①　一张榻榻米的面积为 1.65 平方米。——编者注

他怎么勉力支撑，最多也只能喝一杯啤酒，大家渐渐就不再邀请他了。

日薪为一千日元，是老家同样工作时间工资的三四倍。加班时会增加两成半，所以他很乐意每天晚上加班，星期天和节日也工作。

每月十五日发工资。他每个月给家里寄去大约两万日元。工资和当时的教师差不多，照现在的情况算，应该是二十万日元左右。

"工作真少啊。"

一个流浪者说道，啪地折断了一根枫树枝。他记得这人身上的牛仔夹克。衣服背面大概是洒上了漂白剂，留下了一片形状类似北海道地形的白色印迹，他不会认错。那是自己穿过的牛仔夹克。那是他在织物垃圾回收日从广小路的垃圾站捡来的，春寒料峭的日子里十分爱惜地穿着……他本来是挂在小屋天花板上的，一定是有人拿走了……在他离开后……

"经济这么不景气，无论去小地方还是大地方，都没人把我们当回事的。"

一个老妇说道。她的一头白发犹如鸟巢，身上重重叠叠地穿着破破烂烂的裙子。她点燃一支喜力香烟，深吸一口。

这张脸，他认识……与衰老面庞并不相称的光滑额头……他认识……还问候过"早上好"……应该也站着聊过天……

"三四十人的地方最糟糕，最是高不成低不就。"

"前一阵我坐了小田急线。"

"小田急线？去什么高级地方了？"

"小茂死了，工棚以前不就在那里吗？"

"小茂？死了？"

"死啦，小茂。在小屋里变得冷冰冰了。"

"是该死了，那么大年纪。"

老妇的眼睛忽然变得浑浊起来，他想要安慰，却既无法把手搭在她肩膀上，也无法开口悼念。

他认识小茂。小茂是个知识分子，总是拿着捡来的报纸、杂志和书看。他想小茂以前一定是从事脑力劳动的。

不记得是什么时候了，有人把一只小猫扔在小屋里。小茂用卖易拉罐的钱带它去宠物医院做了绝育手术，起了个名字叫作埃米尔。小茂十分疼爱它，"搜山"的时候把它放在两轮拖车里带走，下雨的时候还给它撑上塑料雨伞。

也是小茂告诉他，"时之钟"是为了给江户人报时而制作的，宽永寺的僧侣会在早晚六点和正午三次敲响它，而它对面的山坡上，有供奉大佛脸庞的佛堂。

"大佛的头部总共掉下来四次，三次因为大地震，一次因为火灾，太悲惨了。第一次掉下来是一六四七年，据说有僧侣觉得置之不理于心不忍，于是走遍整个江户，为了重建大佛化缘，可是没有一个人捐钱啊。天黑了，他正打算回去，一个乞丐朝他走过来。那个乞丐在铁钵里投了一文钱，自此大家都开始捐钱，这才建成了二丈二尺高的大佛。但是，大约两百年后又因为火灾而掉下来了。修复完毕后过了十年，安政大地震的时候头部又掉下来，又再修复……戊辰之役、上野一战它都逃过一劫，没想到大正十二年（1923年）关东大地震把它彻底毁坏了。就是这么一回事。"

小茂无论说什么，口吻都像个老师，让人感到不可思议。没准儿小茂过去就是个老师。

那时候他给小茂讲了无线电塔的事情。无线电塔十分出名，在浜通一说起原町必然会提到它。在昭和五十七年（1982年）解体前，它一直是原町的象征。无线电塔建成于大正十年（1921年），两年后关东大地震发生时，通过它发报，向全世界报道了这件事："本日正午，横浜发生大地震并引发大火，几乎全市都陷入火海，死伤无数，所有交通、通信工具全部毁坏。"

小茂听完后说：

"关东大地震的时候，火灾没有波及上野公园，据说是不忍池的水起到了作用。周围火灾很严重，公园正面的松坂屋整个都被烧毁了。不仅是上野周边，日本桥、京桥方向逃离火灾的难民也蜂拥而至。据说啊，他们想要回乡下去，把所有的家当都堆在大板车上拉来了，结果连上野站内和轨道上都人满为患，甚至火车都动不了了。失踪的人很多，因此西乡先生的铜像基座上贴满了寻人启事。

"昭和天皇穿着军装视察了灾民哀号的上野公园，认识到了公园对于防灾非常重要，于是大正十三年（1924年）一月，作为天皇吉庆纪念，把公园赐给东京府，这才改名为'上野恩赐公园'。"

小茂说着，疼爱地注视着闭着眼睛躺在草坪上却不停抖动长尾巴梢的虎皮斑纹埃米尔。

他没有告诉小茂，他曾经近距离见过昭和天皇。

昭和二十八年（1953年）八月五日下午三点三十五分，天皇专列停靠原之町站，陛下下车在站前停留了七分钟。

那是他刚刚从小名浜渔港打工回家时。

碧蓝的天空给人一种压迫感，油蝉的叫声震动着整座本阵山，还引得斑透翅蝉也不停鸣叫。太阳犹如熔化了，熊熊燃烧一般的阳光倾泻而下，人们的白衬衫也好，绿叶也好，所有一切都炫目得让人睁不开眼睛。而他作为两万五千个在车站前集合的人之一，没有戴帽子，一动不动地等待着天皇陛下。

从天皇专列上下车的陛下身着西装，就在他手摸礼帽檐致意的那一瞬间，有人举起双手，声嘶力竭地高喊道："天皇陛下，万岁！"掀起了呼喊"万岁"的汹涌声浪……

"小茂死了，你相信吗？"

"香烟灰总也掉不下去。"

"你要是吸上八十五年的香烟，肯定没问题。"

"嗬，我说你难道还是个婴儿就开始吸烟了？"

"小茂，真死了。"

"你和阿茂搞外遇啊？"

"我让你找个地方吊死去！"

"脏兮兮的老太婆，你摆什么臭架子？"

"你这个混蛋！看我把你心脏挖出来吃掉！"

"你比山谷的老太婆还可怕嘛。哎呀！扁虱！"

流浪老人拍拍自己小腿。

"傻瓜！那是蚂蚁！"

　　老妇低头看看脚下，注视着穿着皮鞋的右脚和穿着运动鞋的左脚，发现运动鞋的鞋带松了，但是她并没有弯腰重新系上。

　　"哎，你别那么凶巴巴的，快坐下，坐下。"

　　"哪有地方可以坐呀？"

　　"来吧，坐下。"

　　男人坐在树丛外的混凝土墙上，从衣兜里掏出一张纸条。

　　"这值差不多五千日元呢。要是中了奖，我分给你一半。"

　　女人在男人身旁坐下，嘀嘀咕咕地念着马票上的文字。

　　"Twinkle，第三十五届，帝王奖，三连单，十一场，马三连单，一，十二，三，五百日元，一，大江雷神，木村健，十二，奇迹传说，内田博幸，三，岛川哥利亚，桥本直也。"

　　女人吸完了扔在右脚边上的烟蒂还在冒烟。在男人和女人脚边排成一队的蚂蚁，正一只接着一只地连成串在树干上不停向上爬，可是蚂蚁窝并不在树上。上野恩赐公园的树木都挂着圆牌子，就像医院、政府机关和图书馆伞架上的钥匙。这棵树是蓝色的 A620，他回想着树皮粗糙的手感，还有蚂蚁在皮肤上爬的感觉。蚂蚁窝不在树上。蚂蚁从树上爬下去。蚂蚁排着队，沿着散布白色鸽子粪的沥青路下了缓坡，进入覆盖着蓝钢板的小屋集中的一角。那个角落被画有树木的铁板子包围，铁板子上部的铁网覆盖着印有白云的蓝钢板。

小屋里的收音机传出国会转播的声音：

"我们知道，去年三月事故发生后，很多国民百感交集。基于这种情况，我认为，对存在分歧的舆论作出负责任的判断是政府的职责，因此我想适时对此进行说明。"

"斋藤恭纪君。"

"制定的那份安全标准，是以安全神话为基础制定的安全标准，大家认为执行它是存在矛盾的，所以才很愤怒。这次再度执行该标准，怎么看都是不对的，请总理务必慎重考虑后作出判断……"

附近某处传来割草机的声音。

飘来割下来的青草清新的香味。

小屋里飘出煮方便拉面的气味。

一群麻雀受惊飞起，仿佛立春前一天撒下的豆子。

绣球花正在绽放。周围淡紫色的花朵就像边框一般围绕着中央深紫色的花团。

活着的时候，这些东西让人感到孤独。

声音、景色和气味全部混合在一起，渐渐地淡去，渐渐地缩小。他感到若是伸出手指，所有的一切都会消失无踪。但他没有用来触摸的手指，无法触摸，连五根手指与五根手指交叠在一起都办不到。

既然不存在，就无法消失。

"内阁总理大臣。"

"有各种各样的问卷调查。我也知道各处一直在进行各种各样的问卷调查。基本上，为了各位灾民，这一点，我们的政权是去年九月成立的，震后复兴，以及与核电站事故进行的战斗，日本经济的重生，我们把这一点定位为最优先且最重大的课题。另外，符合灾民实际情况的政策，我们接下来也将脚踏实地地执行。"①

雨忽然下起来，打湿了小屋天花板的塑料布。雨带着雨的重量落下。如同生的重量，时间的重量，有规律地落下。下雨的夜晚，无法将雨声屏蔽于双耳之外，难以入

---

① 这一段刻意保留了原文的不通顺之处。

眠。失眠，然后永远醒不来……因为死而隔离的东西，和因为生而隔离的东西；因为生而靠近的东西，和因为死而靠近的东西；雨，雨，雨，雨……

他唯一的儿子死去那天，下着雨。

*

"皇太子妃殿下于今日下午四点十五分，在宫内厅医院分娩，亲王诞生。母子平安。"

昭和三十五年（1960 年）二月二十三日，收音机里的播音员快活地播报了这条新闻。

不久，收音机里又传来手提红白灯笼聚集在二重桥前和东宫临时御所前的民众敲击太鼓、唱"君之代"、三呼万岁的声音。

外面响起放焰火的声音，"咚——咚——"的似乎连发了二三十下。从鹿岛町政府的方向传来"咚——咚——，咚——咚——"的声音。

节子临产是在前一天早晨。

和两年前生洋子的时候完全不同，她遭遇了难产。她受了整整一天的罪。老娘嘴上说："就是这样的，不要慌，天黑前准能生下来。"可眼里却充满担忧，声音也在颤抖。直到第二天天黑，节子仍然满脸通红，咬紧牙关，双腿拍打。他去同村的节子娘家，娘家人说，鹿岛町有位叫今野的接生婆据说不错，让他给请来。

他回到家，告诉父母自己这就去请接生婆。老娘一听紧紧闭上了嘴，老爹则脸色阴沉。收音机里传来民众高呼万岁迎接皇太子的声音。皇太子见完孩子回到了东宫临时御所。与此同时，他听见另一位播音员极为喜悦的声音："祝贺皇太子，祝贺皇太子妃。得见皇太子，国民万分高兴。万岁的呼声也更加有力。衷心祝贺！"黑下来的起居室玻璃窗上，朦朦胧胧地映照着他在家人当中孑然而立的身影。他知道没钱请接生婆，可是他没有时间来盘算如何借钱，也再没有可以借钱的地方。唾沫咽下去，又立刻涌上来。嘴里全是唾沫，收音机的声音飘远了。等他再一次咽下唾沫时，连沉默都听不见了。

老爹和老娘在视野里消失，他在屋外奔跑。但是，他一边跑一边在想钱的事。连这点钱都没有，连这点钱都没有——他一边嘀咕着一边飞奔。

浩一出生的时候，他正处于贫穷的深渊。他在北右田的海边帮父亲捕捞北极贝谋生，然而挣来的钱一眨眼工夫就交给了信用金库、五金店、米店和酒铺，手里留不下一点钱。

老娘和节子为了填饱家人的肚子，从初春到初秋，除了下雨的日子，每天都下地种陆稻、芋头、南瓜和青菜，收获后带回家。

一到冬天，老娘和节子两人就给家里人织毛衣。毛线是便宜货，所以很快就会破洞，她们又添上毛线仔仔细细补好。老娘和节子卷线团的时候，小妹妹道子左右两手撑着松开的毛线，配合她们手里的动作，左右移动把毛线送出去。他喜欢看这幕场景。道子求她们："唱点什么吧，好不好？"害羞而话少的节子不唱，老娘则开口唱道："Odonomori rakunayoude rakunamondenei。""妈妈，你在哪儿学的这首歌呀？"道子问。"酒铺呀。我去那里替人看孩子的时候学的，七八岁的时候吧。"老娘怀念地说。当他听明白"Odonomori rakunayoude rakunamondenei"意思是照看孩子看似轻松实则辛苦的时候，不由得像吞下了石头似的心底一沉，双眼也变得燃烧一般地滚烫。

一年到头都有人到家里来催债。

他们假装不在家，让还是孩子的弟弟胜男和正男说："爸爸和哥哥现在都不在。"可是催债的人声音凶狠起来："这种谎话可骗不了我。他们去哪里了？什么时候回来？""他们说不知道什么时候回来。"弟弟吸着稠鼻涕说。

"那你妈妈在吧？叫你妈妈出来。"对方继续问。"妈妈也去原町了，现在不在。"弟弟哭了起来。"真拿你们没办法。你跟他们说，我们还会来。"催债的人嘟嘟囔囔地走了。

他松了一口气，同时心想，没有比贫穷更大的罪过了，竟然不得不让小孩子说谎。这罪过的惩罚就是贫穷，忍受不了惩罚就会再次犯罪，只要摆脱不了贫穷，这种循环就会一直持续到死亡那一刻……

和催债人之间攻防战的休战期，只有从除夕到"松之内"的十六天。除夕那天全家十口人一起到鹿岛町内的胜缘寺烧香，挨个敲响除夕夜的钟声，正月里给弟妹们寥寥无几的红包，一起玩正月里的游戏。放风筝、打板羽球、歌留多牌、"蒙眼摸象"……

二月是一年当中最痛苦的时期。

浩一出生大约十天前，税务署的工作人员蜂拥而至，在屋子里贴满了红纸。锅和短腿饭桌到底没有贴，可是衣柜、收音机和挂钟都毫不留情地贴上了。

老爹喝了一小口劣质烧酒说："把这些破烂玩意儿都收走了才好呢，清爽！"可是在贴满红纸的家里睡觉吃饭实在可悲。

那一天，浩一出生那一天，那些贴上红纸的财物依然留在家里还是已经被拿走了？他想不起来。

他记得的，是寒冷，是夜路里漫天飞舞的雪花，是自己在一片漆黑中凑近脸确认"今野"的姓氏后敲打木门，是自己没有问价钱，而对方也没有问，是一进家门接生婆就戴上白帽子，穿上白罩衫，是她把喇叭形的听诊器放在节子的大肚子上，是在起居室里听着收音机等待，是新生儿"哇——哇——"的第一声啼哭，是接生婆说的那句话："是个男孩儿，恭喜恭喜。和亲王殿下同一天生日呢，真是可喜可贺。"

他蹲在被子前面探出头一看，节子已经抱着婴儿在喂奶了。

不知为何，他第一眼看到的不是婴儿，而是节子弯曲如镰刀的手臂。那是因为下地干农活而结实的，晒得黑黝黝的手臂……

一直说普通话的接生婆用方言说道："真是个可爱的娃娃呀！"节子咻咻笑起来，身体随着一震。"真疼啊！"她皱起眉头，一只手离开婴儿，用手掌捂住自己大冬天里却大汗淋漓的额头，又笑起来。

这一笑化解了紧张，他终于可以仔细端详婴儿的脸庞了。

明明是个俯视自己孩子的父亲，他却感到自己如同仰头注视母亲脸庞的婴儿，忽然想要掉眼泪。

因为和浩宫德仁亲王同一天出生，所以他想，就取"浩"这个字，起名浩一吧。

"气味儿不重吗？"

"还行吧，毕竟是放在玄关的。"

"那也不可能没味儿吧？"

"嗯，是啊。不过，已经习惯这个气味儿了。如果每天都是不一样的气味，我会很敏感地闻到，可这是一样的气味儿，所以我就不在意了。"

一个腰间挂着饮料瓶的三十五岁左右女性，左手攥着三只玩具贵宾犬的狗绳儿走着。白色狗是红绳，灰色狗是粉绳，茶色狗是蓝绳……一个和她年龄相仿但是略胖的女人走在她右侧。

"有三只呢，饲料费不会是天文数字吧？狗粮？"

"把米饭和鸡胸肉、牛瘦肉之类的混在一起放在锅里咕嘟咕嘟煮好给它们吃。不过，蔬菜摄入不足很麻烦，所以也要加点白萝卜或者胡萝卜。还要放很多青菜呢。那是叫生菜吧？"

"它们吃得比人还好呢。"

"是啊。我也就吃个纺锤面包呢。"

"你最近见过纺锤面包？就是供餐里经常有的那种。"

"后街上那个貌似家族经营的面包店就在卖呀。"

咔哒咔哒的脚步声。踩到枯叶的时候，还会增添沙沙声。无法用耳朵倾听各种声音。可是，又觉得自己似乎在侧耳倾听。无法用目光追随他人。可是，又感到自己仿佛在凝神细看。无法将所见所闻用声音表达出来。可是，能找人说话——如果是对存在于记忆中的人，无论是活着，还是死了……

"因为很快就是牵牛花早市了嘛。"

"下下周的周五周六吧。"

"言问街肯定热闹非凡啊。"

"当然了，得有上百个摊位呢。"

美院的学生把小椅子摆在路上，正在用水彩把描好的树木涂成绿色。戴着棒球帽和草帽的老人们聚集在他身边。大家都两手空空，有人把手插在衣兜里，有人挽着胳膊，还有人双手背在身后。

没有一个人打伞。柏油路面不知何时已经干透发白。

今天这雨，会一直时下时停吧……

今天……

一天……

那一天，下着雨。他低垂着脑袋避开冰冷的雨滴，俯视着雨滴像炸蔬菜的油珠似的在湿漉漉的鞋子周围弹起。他淋着雨，晃动着肩膀向前走，在雨中……

"大家都穿着牵牛花的单衣和服，对吧？"

"现在的年轻人可不穿什么单衣和服。"

"谁说的，穿呀，好东西嘛。"

"每年我都买两盆一只手拎一盆呢。心里想着要让它好好开，可是不付出相应的精力就是不行呀。牵牛花是南方的花卉，放在向阳的好地方，白天，如果叶片像狗耳朵似的耷拉下来，就要给它浇事先准备好的水或者淘米水。暑假里，花一枯萎就要摘下来，注意别让它结籽儿。明年用的种子要在九月中旬左右，用那时候开的花结籽。"

路边上停着自行车。

这地方在东京大空袭纪念碑"勿忘彼时之塔"前面，或许是有死者家属前来悼念吧。

他曾经为了一天一千日元的工资为倒卖黄牛票的人排

队。和他一起熬夜排队的知识分子小茂给他讲过。

"美军的东京大空袭啊，是从昭和二十年（1945年）三月十日深夜零点八分开始的。是多达三百架飞机的大编队。B-29超低空飞行，向人口集中的东京湾地区沿岸投下了一千七百吨燃烧弹。那是个北风强劲的夜晚，所以一眨眼工夫火焰就如海啸一般袭击了城市。伤亡最多的是言问桥，隅田川两岸的人们大概以为过了桥就能活命。有的人抱着、背着孩子逃跑，有的人骑自行车逃跑，还有人用两轮推车、排子车载着财物、老人逃跑……熊熊烈火从浅草方向蔓延而来，把桥上变成一片火海。言问桥上堆满了烧死的人，连下脚的地方都没有了。有七千具遗体临时埋葬在两岸的隅田公园，还有七千八百具尸体搬来了上野公园……仅仅两个小时就夺走了十万人的生命。可是东京都里连个公立的东京大空袭、战争灾难纪念馆都没有，也没有广岛和长崎都有的和平公园。"

"勿忘彼时之塔"前自行车的后面，蹲着一个六十岁上下的瘦削男子，正盯着后视镜里的脸刮胡子。他展开一把裁缝用的大剪子，像剃刀似的噌噌剃着。黑T恤加白裤子，干净利落，而自行车的后架上却捆着露营用的帐篷、

大小锅、伞、塑料凉鞋，前面的框子上用晾衣夹晾晒着湿
漉漉的衣服和毛巾，因而这个男人大概也是个流浪者。正
在刮胡子，意味着他有可能是找到了按天雇用的工作。年
龄大了，土木建筑方面的活儿难找，或许是一天一万日元
左右的办公楼清扫工作。在公司休息的周六，把一楼到十
楼的电梯厅、走廊清洗干净，干燥后打蜡抛光……

"勿忘彼时之塔"是一座母子三人像。母亲右臂抱着
男婴，左手揽着女儿肩膀。女孩子抬头仰望，手指右侧天
空，婴儿则仰望左侧，母亲正对前方。

东京大空袭的事情，小茂一直讲到售票窗口打开，队
伍开始移动。他的口吻和讲上野公园其他地方，比如大
佛、时之钟、清水观音堂和西乡先生的时候不同。仿佛一
边激起恐惧和悲哀，一边又在拼命驱赶那种情绪。他因此
推测小茂是东京大空袭的幸存者，他在这里见到了某位家
人的遗体，所以才搭上小屋在这个上野公园生活。然而，
当时正值寒冬，嘴唇干燥得发不出声音，而且即使他读懂
了小茂的特别感情，也不愿意确定这一感情的来源。

"离开父母，被集体疏散到农村，在寺庙和旅馆里起
居的孩子们，也因为三月十日的陆军纪念日和第二天的星
期天连休两天，在大空袭前一日的九号回了家。上野公园

里，有很多遗体是互相拥抱着的父母和孩子，烧焦了都分不开。"

每当看见"勿忘彼时之塔"，他都感到自己站在逝去的时光面前。洋子和浩一相差两岁，应该恰好也有呈现这种感觉的时候。因为他一直在外打工不在家，所以没有给孩子拍照。自己也从来没有照相机。

浩一的照片，只有 X 光技师专门学校学生证上的那一小张。放大当作遗照的时候，模糊得犹如毛玻璃对面的脸。

简直就是另一个人。

然而，死的就是浩一。

东京奥运会结束后，城市开放的浪潮波及东北地区和北海道。干线道路、铁道、公园、河流整治等公共设施的土木工程热火朝天，学校、医院、图书馆、文化馆等设施接连不断地建成。谷川体育股份公司在仙台设立了分公司。与此同时，他从世田谷的宿舍搬到了仙台的宿舍，被派往东北地区和北海道的工地，从事棒球场、田径场和网球场等体育设施。

那一天，从早晨开始就在下雨，但他依然一直在准备建设福岛须贺川市政府网球场的工地上用十字镐挖土。

晚上，他刚回到宿舍，就接到了公司打来的电话，通知他说，森先生，你太太打电话来说你儿子去世了。

就在几天前，节子刚打来电话说，浩一通过了 X 光技师的国家资格考试，因此他认为是搞错了，于是给家里打了电话。却得知浩一在借宿的公寓里，在睡眠过程中死去了，因为怀疑死于非命，所以警察正在调查。

一直在下雨。

洋子嫁到了仙台，她丈夫开车去八泽的家里接上节子，又到须贺川来接他。

一直在下雨。

他不记得在车里说了什么，还是什么都没说。

到达东京是第二天早晨。

一直在下雨。

进入警署的太平间，他看见浑身赤裸的浩一身上搭着白布。在法医院，相关人员告诉他必须解剖。

离开警署的时候，一直在下雨。

他和节子两个人来到浩一生活了三年的公寓，在浩一死去的被窝里一直躺到天亮。

他不记得说了什么，还是什么都没说。

第二天早晨走出公寓，一直在下雨。

太平间里的浩一，穿着单衣和服躺在棺木中。他听说住在警署附近旅馆的洋子丈夫帮他们安排好了殡仪馆的事情。

法医交给他的死亡诊断书的最下面，死因一栏写着"病死及自然死亡"，最上面是姓名和出生年月日。

森浩一，昭和三十五年二月二十三日……二十一年前，收音机里播放的声音苏醒了。

"皇太子妃殿下于今日下午四点十五分，在宫内厅医院分娩，亲王诞生。母子平安。"

*

他把浩一安置在他出生的佛堂。

他用两只手摘下搭在浩一脸上的白布。

这是婴儿期后，他第一次仔细端详儿子的脸。

那时候他坐在枕边，就像这样蹲着伸长脖子……

虽说进行了司法解剖，但是脸上没有伤。

他注视着那张脸。

拱桥似的半圆形眉毛，粗而短的鼻梁，厚嘴唇——这孩子长得很像自己。

他从孩子出生后一直在外打工，很少和他并肩行走过，所以没有机会听见别人说"哎呀，好像呀"，或者"长得真像爸爸"。他也从未拍过合影，在照片中比较自己和儿子的脸。

浩一是否注意到自己长得像父亲呢？

节子是否说过"你长得像爸爸"呢？

洋子简直就是节子的翻版。然而他们是否聊过，姐弟俩哪一个像母亲，哪一个像父亲呢？

离开家庭二十余年，他不知道在这个家里，家人有过怎样的对话。

他打工期间，弟妹们都各自成了家，孩子们小学毕业，初中毕业，高中毕业。洋子出嫁，浩一去东京，家里只剩下老去的父母和节子三人了。然而，为了赚取浩一X光技师专门学校的学费和生活费，为了给家里寄伙食费，他依然需要外出打工。

十二岁左右开始，他一直这样生活下来，并未因此而感到不满……

但是，当他看到在睡眠中死去、看上去简直就像睡着一样的浩一那张和自己一模一样的脸，不由得感叹，自己的人生究竟是什么？人生有多么的虚无。

洋子恸哭着，仿佛要榨干全身最后一滴眼泪。

节子用手掌捂住嘴巴。那是压抑呜咽和惨叫的动作，然而却没有眼泪流下来。

他从得知浩一死亡后，也一直没有哭。

他接受不了。

刚满二十一岁的独子突然死亡——他无法接受这个事实。

他感到震惊、悲哀和愤怒过于强烈，强烈到哭泣无法与其匹配。

挂钟敲了几下，似乎过去了几个小时。但是他没有时间流逝的实际感受。

八十岁的老娘双手合十，用白布盖上孙子的脸说：

"你爸一直辛辛苦苦，给你寄钱，供你养你，明明接下来可以松口气了……你太不走运了……明天就是葬礼了，还是去睡吧。洗澡水烧好了。"老娘双膝跪地，眼泪从皱纹密布的眼角渗出来。

他走进浴室，手拿剃刀，朝右端缺了一块的四方镜子里看。

那是一如往常的熟悉面容，他却感到有些不协调。

从警察让他看浩一时开始，他一直避免指出他的名字，但是躺在佛堂里的，就是浩一的遗体。

那是浩一的遗容。

浩一死了。

明天也好，今后也好，一直都是死去的。

一想到这里，他就感到心脏颤抖，不停地颤抖，无论如何都无法让它平静。

他来到室外，雨停了。

雨水洗刷过的天空澄净无比，海浪声听上去比平时距离更近。

一轮散发着珍珠般光泽的洁白满月挂在天空中央。

月光下，家家户户仿佛沉没于湖底。

一条路白晃晃地延伸出去。

那是通向右田浜的道路。

一阵风吹来，野樱花的白色花瓣在暗夜里飞舞。他想起来，浜通的樱花比东京要晚开两三个星期。

波浪声越来越大。

他孑然一身站立于黑暗之中。

光不是在照射。

只是发现了需要照射的东西。

而自己没有被光找到。

一直处于黑暗之中……

他回到家时，全家人都睡了。

他换上叠在被子上的睡衣，把头沉在枕头里，用被子把自己裹起来。

他凝神细听家中各种声音，不知不觉打起盹来。当他醒来，一缕微弱阳光正从窗帘缝隙中射进来。

"你太不走运了"——老娘的话像雨水一样浸染整个胸膛，他在被子里握紧拳头，不愿意惊动躺在一旁的节子，翻了个身背对着她。

他必须作为丧主到组长家打招呼。

微温的风。

他看见樱花树竞相撒下纷飞的花瓣。

他走在路上，感到头顶的天空又高又远。

在万里晴空之下，春日的一天开始了。

他觉得自己很努力。

他想从努力当中解脱出来。

他从得知浩一死去的那一刻开始，就一直很努力。

迄今为止他总是为了工作而努力，但是现在，是为了活着而努力。

与其说是想死，不如说努力已经让他感到疲惫。

一只从未见过的、既不是麻雀也不是山鸠或黄莺、胸脯纯白的鸟儿从樱花树枝上笔直地飞落。他虽然伴着脚步声靠近，但鸟儿似乎完全不在意他，在砂石路上来回踱步，那步伐就像手背在身后、捏着白粉笔在黑板前面来回走动的新老师。

鸟儿消失在左眼的角落里。当他忽然又想起它，回头一看，却哪里都找不到鸟儿的踪影了。

只剩樱花花瓣不断飘落。他想，或许那只鸟儿就是浩一。

时间的流逝是缓慢的。即使加快脚步，也仿佛是一步一步嵌入寂静深处。时间的流逝如果就此减缓到连流动都觉察不到……死亡，就是时间停止，唯有自己被留在原地吗……是空间和自己都被抹杀，只剩下时间继续流动吗……浩一去哪里了……是再也无处可寻了吗……

回到家里，葬礼的花环已经装饰好，拉门拆下来了，穿着围裙、罩衫的女人们忙忙碌碌，来来回回。她们应该是带着菜板、菜刀从节子娘家和附近来帮忙的。他听见厨房里有好几把菜刀嚓嚓作响。

他想起在这座屋子里和节子举行婚礼的那一天。他听闻，节子二十一岁，曾经嫁到双叶的亲戚家，但是过得不顺心，又回了娘家。他和节子还是小孩的时候，都在八泽普通高等小学上学，常常在路上和院子前碰面，因而不需要再正式相什么亲。这件事不知何时谈妥了，有一天，他换上带有家徽的裙裤，和亲戚、媒人走路去迎娶节子。两家之间距离不到半里路，从前往迎亲到把身穿白色礼服的节子接回家，连一个小时都没用上。白色礼服……不对，不是白的吧……是黑的……应该没穿白的，不过蒙头布倒是白的，新娘礼服不是白的……

　　炖菜的咸甜香味儿飘起来的时候，胜缘寺的住持出现在走廊上。"这次可真是不容易啊。请容许我来完成枕边诵经。"他说着就从走廊直接进了佛堂。

　　住持端正地坐在佛龛前，"叮——叮——"地敲了两下磬，亲属和同一村落的真宗门徒们都跪坐好，双手合十。

　　他注视着浩一脸上的白布，佛龛蜡烛飘动的火苗和烟雾，还有不知何时替代小菊花供奉在佛龛前的莽草，心里生出足以打乱浑身上下血液循环的胆怯。

　　"如是我闻，一时佛在舍卫国，祇树给孤独园。与大比丘僧。千二百五十人俱。皆是大阿罗汉。众所知识。长老舍利弗。摩诃目犍连。摩诃迦叶……"

　　他闭上眼睛，调整好呼吸，试图把注意力集中在《阿弥陀经》上，可是心脏扑通扑通跳得厉害，血块从喉咙底部涌上来，忍不住想呕吐。

老娘念诵"南无阿弥陀佛，南无阿弥陀佛，南无阿弥陀佛"的声音紧挨着右耳响起。他动动嘴，试图唱诵和音。然而他就像刚刚结束奔跑，气喘吁吁地发不出声音。几分钟时间就这样过去，他感到合十的双手变冷了，僵硬了。

"不蒙弘誓力，何时出娑婆。

深念佛恩，应常念弥陀。

舍娑婆永劫苦，期净土无为乐。

本师释迦力，长时报慈恩。"

老爹和老娘无论身体多么难受，一早一晚的诵经都从未懈怠过。

讲述祖先的艰苦故事是老爹的职责，一边织毛衣、缝补衣服，一边默默无语倾听的老娘，脸上流露出她对那故事的深深眷恋之情。

我们家原来不在相马，江户后期文化三年，从现在算起大约两百年前，才千辛万苦地从加贺越中千里迢迢来到这里。

加贺越中就是现在富山县。然后呢，首先是砺波郡野尻庄字二日町普愿寺住持净庆的二儿子广林在原町修建常福寺，三儿子林能在相马修建正西寺，四儿子法专在双叶修建正福寺，正所谓"开疆拓土三座庙"。

那时候，还有一位越中僧人也来了相马。他在鹿岛修建了胜缘寺。那就是砺波郡麻生村西园寺住持圆谛的二儿子廓然。

他亲自拿着铁锹、锄头耕地，开拓盐田，收获稻米，再回到越中，每年带来十户村民移居于此，成为他们的身份担保人，因而被称为"结束旅程的僧人"。

我们家往上数七代的祖先，老家和廓然和尚一样，都是砺波郡麻生村，是富山县的。

那时候是没有电车、公交车的，从越后走到会津，然后从二本松前往川俣，再越过八木泽岭，才好不容易到达相马。听说花了大约六十天时间。

除了身上的衣服，他就带了故乡的一根柿子树嫩枝，插在白萝卜上一路带来，想在新天地里种下。都说桃、栗三年，柿子八年，要养成一棵柿子树需要很长时间，但正所谓"越是灾年柿子越丰收"，闹饥荒的时候全靠它。

因此，一进真宗门徒家的院子，就能看见祖祖辈辈传下来的柿子树，称为"莲如柿"或者"富山柿"。这一带的柿子几乎都是"富山柿"。

鹿岛町真宗门徒多的村落有赤木、柚木、蒲庭、小山田、横手、南右田、北右田、寺内、北海老……相马有中村町、大野村、饭野村，原町有石神村、太田村、高平村、涉左、大瓮、水滴、北原、萱浜……小高有冈田、金房、福浦……浪江、请户、双叶、大熊一带也是真宗门徒迁入垦荒的地区。

祖先开拓的都是荒地。他们因为得不到一等农地，所以只能去盐害严重的海边、野兽出没侵袭的山边开垦荒地。

在相马，真言宗、天台宗和曹洞宗的寺庙多。

然后，相马是土葬，真宗是火葬。如果是相马，去世后会在棺材里放入六文钱、拐杖和草鞋，穿上白寿衣，做好前往冥界的准备，而真宗的话，认为人在去世的同时便已往生净土成佛，因而只穿白衣。

真宗举行葬礼、婚礼，并不特别挑选黄道吉日，或是避开凶日。因为死亡并非污秽，所以既不贴"居丧"的纸条，也不撒清污的盐。

相马的佛龛小，而真宗有从二百代到四百代的庄严佛龛，而且是生活的中心。

相马在佛龛上摆放排位，真宗只放戒名和故人名册。

相马人家里除了神龛还有财神和灶神的神龛，家门口、起居室、马棚、厨房、水井甚至厕所一带都贴纸条，而真宗门徒的家里没有神龛。

相马特别重视神佛祭日和忌日，而真宗却不在意这些，因而正月里也不摆放门松。盂兰盆节的时候，既不摆放盂兰盆神龛，也不点迎魂火。相马人说，要点燃迎魂火作为自己家的标志。啊？已经成佛开悟的人，不点迎魂火就找不回自己家？哪有这等傻事？

相马人在黄瓜和茄子上插上麻秆当成四条腿装饰在盂兰盆神龛上，说因为黄瓜是马，速度快，是祖先的灵魂尽早回家时乘坐的坐骑，茄子是牛，所以慢，是让祖先不慌不忙回来时乘坐的。我们家的祖先可没那么傻。他们可不是那种一年只回一次家的佛呢。他们去世的同时就成佛了，从净土回到我们家，三百六十五天，每天二十四小时都守护着我们。只在盂兰盆节这一周回来？哪有那种傻事？

《真宗勤行集》里写着："若念南无阿弥陀佛，十方无量诸佛，百重千重来围绕，喜乐常守护"。意思是说，如果念佛，去世成佛的人们就会百重千重地围绕着我们，高高兴兴地守护我们。你看，这里，"日日夜夜常守护""日日夜夜常守护"，重复了好几遍。

相马藩的土地守护神是妙见大权现 [1]，是相马中村神

① 菩萨化身的日本的神。

社、原町太田神社、相马小高神社的三位妙见菩萨。每年七月二十三日、二十四日、二十五日三天举行的"追赶野马节"，可是真宗门徒在那期间也要在田间除草，不能休息。听说，被这事惹怒的"土著人"在追赶野马节期间，把他们的除草工具抢走了。

我们把相马人叫作"土著人"，相马人把我们叫作"加贺人"，轻蔑地称为"无知的门徒"。

祖先们一定是深受打击啊。无论开垦多少天地，相马藩的藩主殿下给了土地，还说谁开垦土地就归谁，让我们干活，可以拼命开垦耕地，却没有用水的权利。

无论开垦多少耕地，都无法把水引到地里，因而非常辛苦。想要和"土著人"商量，可他们都不让人进屋，只叫"加贺人"坐在玄关铺三合土的地方。无可奈何之下，门徒们只好集中起来修建贮水池，再从新的贮水池挖出水路，这才总算把水引到了田地里。

"土著人"在远处听见我们真宗门徒早晚念诵《正信偈》时南无阿弥陀佛的声音，误以为我们是哭着说想回加贺，嘲笑我们是在"加贺哭"。

真让人不甘心啊。亲鸾上人说"念佛者一切无碍"。虽然我们被人欺负到连念经都成了"加贺哭"，但念及开垦荒地的各代先祖，就会想：怎么能让痛苦和悲伤挡住去路呢？会坦然面对发生在自己的身上的事情活下去。

　　咚——咚——咚——从出生以前就挂在那里的钟发出熟悉的声音，响彻整间屋子。

　　浩一听不见这个声音——他感到这件事不可思议，一动不动地凝视着金色的钟摆来回摆动。时钟的余韵消失，家里就像淹没在水中一样安静，他强烈地感到浩一正在倾听这一宁静。

　　时钟敲响六点之前，脖子上挂着门徒章的真宗门徒从北右田本村和南右田村落陆陆续续登门，和胜缘寺住持一起面向佛龛上的本尊齐声唱诵《阿弥陀经》。

　　枕边诵经一结束，就在拆下了拉门、合为十六个榻榻米大房间的佛堂和起居室里摆上三张折叠桌，设宴守夜。

　　他向老爹学会了丧主致辞，现学现卖地在前来悼念的客人面前说：

　　"今天各位在百忙之中，来此为吾儿浩一守夜，非常感谢。浩一于三月三十一日在东京板桥的公寓去世，享年二十一岁。给大家准备了简餐，不成敬意。请大家聊聊关于吾儿的回忆，度过今晚。另外，明天的葬礼从正午开始，请大家多多关照。"

　　他在胜缘寺住持面前落座后，牛蒡、酱油炖菜、白芝

麻豆腐拌蔬菜、炸野菜、腌菜等素食端了上来，每一位前
来吊唁的客人面前都准备了各自的碗碟和酒杯。作为丧主
的他手捧一升装的"奥之松"四处为悼念的客人斟酒。

"浩一才刚满二十一岁吧？怎么走得那么急啊……"

"人会遇到什么事，真是说不清啊。"

"该说什么好呢……没想到浩一竟然……"

"真难过啊。"

"你要坚强呀。"

"我前一阵才听节子说，他通过了 X 光技师的国家资
格考试呢。我还说真为他骄傲啊，期待他今后有发展……
真是太遗憾了……"

"多可爱的孩子啊。"

隔壁第三家的邻居前田的二儿子修领着一个女青年
走进来，低着头说道："事情发生得太突然了，真是没
想到……"

"这是你媳妇吗？"他问。

"是我媳妇朋子。年初从浪江的请户嫁过来的。在原
町的丸屋举行婚宴的时候，我请浩一致了辞，浩一特别精
神。婚宴后第二场气氛也特别热烈，大家一起唱了原高的
校歌，没想到那竟然是最后一次……"

朋子也叹息着，取出一张白色手绢遮住眼角，擦干和

眼泪一起流出的鼻涕，双手合放在跪坐的膝头。圆润光滑的额头和脸颊越发凸显她天真烂漫的娃娃脸。

"我和浩一在真野小学、鹿岛初中和原町高中都是同班同学。我姓前田，浩一姓森，在学籍簿上名字连在一起①，叫完我的名字就轮到浩一……在原高，我们的课外课都在剑道部，关系最好了。我是部长，浩一是副部长……"

这些事，他是头一回听说。

浩一和洋子与这个很少见面的父亲并不亲近，他也不知道该说些什么。

明明是血脉相连的孩子，却像外人一样让他胆怯。

他忽然想到，浩一在东京的专科学校读了三年书，在那边应该也有朋友，说不定还有女朋友呢。他无法询问比自己还要悲伤的妻子。即便有那样的人，也赶不上明天的葬礼了……

年轻夫妇依偎着来到佛坛前，将念珠挂在手指上合掌唱诵"南无阿弥陀佛"。鞠躬后松开双手。

"请你看一眼浩一……"节子对修说。

修在浩一的枕边跪坐，双手扶地鞠躬，节子取下白

---

① 在日语中，"前田"和"森"的发音第一个字母都是 M。

布，露出浩一的脸庞。

修双手依然扶地，与浩一面对面：

"他就像睡着了一样……难以置信……"

修合掌说完这话，回到了新婚妻子身边。

他一边给修的杯里斟酒，一边想，自己从未和浩一喝过酒，连这样的梦也不可能再做了。那一瞬间，有什么东西在他视野的角落里飞起来——是那只鸟，今天早晨去邻组①组长家拜访时在路边上看见的那只胸脯雪白的鸟儿。那果然是浩一吧——产生这样的想法，大概是因为有几个人端酒来回敬，自己醉得不轻。

"浩一已经到达净土了吧？"

妻子节子呻吟般的声音让他感到刺耳。

节子不知何时坐在了胜缘寺住持的身旁。

"净土真宗的教谕把死亡称为往生，是转生为佛，不需要悲叹不已哟。阿弥陀佛是发誓要拯救一切生命的佛。只要念诵'南无阿弥陀佛'，佛就会拯救你。拯救是指转生为开悟的佛，转生为佛就是脱胎换骨成为拯救我们的那一方。他们作为阿弥陀佛的代表，下次会为了拯救我们，拯救如今在俗世中痛苦不堪的我们，变成地位低于阿弥陀

---

① 邻组是一种基层的邻里组织。

佛的菩萨回来呢。所以，一死了之是不可能的，亡者会在我们念诵南无阿弥陀佛的过程中引导我们。无论是守夜、葬礼，还是七七的法事，都不是为亡者祈祷冥福、祭奠、追悼、吊祭的仪式，而是为了感谢亡者给予我们和佛之间的缘分而举行的。一周年忌日也是同样。是亡者在养育我们呢，给予我们一周年忌日的佛缘，叮嘱说他们会好好地将我们培养起来，直到能在净土重逢的那一天。"

他看见节子膝盖上静止不动的双手手背上青筋凸起。她的指尖用力地试图抓住什么……。

"可是……浩一才满二十岁啊……孤单单死在东京的公寓里，临终时没有一个人陪着……警察说要验尸……完好无损的身体被解剖了……死亡诊断书上虽然写着病死或自然死亡，可是他到底是什么时候死的，怎么样死的，全都不知道啊……他该多难受啊……说不定还喊妈妈了……一想到这里……"

约三十位吊唁的客人沉默无语，挂钟敲了七下，仿佛也赞同这一沉默。

他似乎看见无形的时间走了下来。

住持的声音平稳地赶走了沉默：

"人最大的毛病就是忍不住思考临终之事。留下来的我们会想亡者的死法是好还是坏。这样一来，什么是好的死法，什么是坏的死法，完全依赖于自身的判断了。会津一带有'猝死观音'。据说，最初是某个儿子为了父母能够不受痛苦折磨，安详平和地启程而前往参拜，可最近去的人不是儿女，却是父母。老爷爷老奶奶前去参拜许愿，是因为不愿意给儿女添麻烦，所以请菩萨让自己骤然离世。几年后，真因为心力衰竭倒下而往生，留下来的子女必然会说，不愧是我们的父母啊，太了不起了。没有给任何人添麻烦，就回归了净土。啊，没有比这更棒的死法了，我也想这样骤然离去啊。这种死法好啊。

　　然而，随着时间流逝，一七、七七、百日、一周年忌日到来，又会感到，至少让我照顾他一个星期啊，三天也好，四天也好，多想握着他的手说说话啊。这时候就会认为，或许骤然离世也不是好的死法。同样一种死法，时而感到好时而感到坏，全是因为好坏都是自己在判断。因此，不应该解释临终之事。无论临终之际情况如何，从浩一出生那一刻开始，阿弥陀佛就发誓会将他引向净土，给予他作为菩萨的生命，因此浩一一定会作为菩萨回到我们身边的。"

　　节子的身体开始颤抖。

　　"还能和变成菩萨的浩一……说一次……说一次话吗？"

"如果念诵南无阿弥陀佛……"

节子深吸一口气，用颤抖的左手抓住颤抖的右手，想让它平息下来，却哇地扑在榻榻米上哭起来。

顶梁柱前跪坐的洋子也哭起来，和母亲的声音重叠在一起。

他没有哭，却犹如遭到全力重击一般，整张脸都麻木了，嘴歪着，痛苦不堪。

到早晨了。

那是浩一死后的第五个早晨。

浩一死前，他总是在眼皮的包裹中醒来，搞明白自己在哪里，做什么，现在是什么时候，然后再睁开眼睛。而浩一死后，他是被浩一已经死去这个事实敲醒的。

独生子死亡这一事实，就像自己在家里，而棒球少年击出的硬球砸碎玻璃窗飞进来似的，每天早晨击碎他的睡梦，每天晚上威胁他的入眠。

家里还有些昏暗，麻雀叽叽喳喳，还隐约传来黄莺的婉转叫声。那只白胸脯鸟儿的叫声是怎样的呢？他想要找到睡梦破碎的丝线，却闻到了臭味。

他感到昨晚守夜宴席的饭菜、酒气中，掺杂着腐臭。

天气好，说不定开始腐烂了……

　　某种感情让他激动，然而他疲惫得搞不清那是什么感情。消耗，却又紧张。他浑身上下做好准备来面对自己的感情。他已经无法继续忍受，无论是悲伤、痛苦，还是愤怒。

　　他的胃疼起来，仿佛紧紧握起了拳头，他在被窝里转动右手摩挲胃部。

　　还是闻到腐臭。

　　他闭上眼睛，专注地闻。

　　腐臭钻进鼻腔进入体内，和血液一起在全身循环……他想，或许他会活着在这世上开始腐烂。

　　结束了。

　　已经结束了，却还必须活着……

　　必须活着凭吊浩一。

　　活着……

　　吃完早饭，他解开节子交给他的包袱，里面是丧服。据说是从邻组组长家借来的。

　　他套上纯白纺绸、纯黑拔染印有五枚家徽的和服，穿上裙裤，节子帮他系上角带，裙裤带子也笔直地打好结。

　　桐木棺材搬进来了。

棺底铺好薄褥，放上枕头。

他转到浩一身后，用他身下的床单裹着他从背后抱起来。

节子把略肩衣挂在浩一脖子上，全家人一起把他的头、身躯、腿抱起来放进棺材。

老娘俯身靠近棺材，在他手里放入一串念珠，把他的双手合十摆好放在胸口。

胜缘寺的住持把写有"南无阿弥陀佛"六字名号，折成三叠的日本纸放在浩一身上，那是"入殓尊号"。

"浩一生前还没有总寺院起的法名，因此我作为檀家寺住持，代替浩一宣读三皈依文，发誓皈依并尊敬佛、法、僧三法，举行皈依仪式。"

全家人双手合十。

"人身难得今已得，佛法难闻今已闻，此身不向今生度，更向何生度此身？

愿同众生诚心诚意皈依三宝。"

住持做出三遍把剃刀放置于浩一头发上的动作，诵道：

"自皈依佛，当愿众生，体解大道，发无上心。

自皈依法，当愿众生，深入经藏，智慧如海。

自皈依僧，当愿众生，统理大众，一切无碍。

无上甚深微妙法，百千万劫难遭遇。我今见闻得受持，愿解如来真实义。"

他从住持手中接过写有法名的日本纸。

昭和五十六年三月三十一日　往生

法名　释　顺浩

俗名　森浩一　二十一岁

"释迦牟尼说，出家人应舍弃俗名四姓，只称沙门释子。释迦牟尼的弟子意味着佛门弟子，因而用释迦的'释'作为姓氏。'顺'这个字意思是遵从佛的教诲。最后一个字'浩'来自俗名浩一。"

葬礼结束便是出殡时间。

家人围绕着棺材，用象征告别的白色菊花覆盖浩一的身体。

盖上棺盖，六个男性亲属一起抬起棺材搬到玄关。

他捧着写有法名的牌位。

他穿上黑色屐带的草鞋来到门外。

炫目。

他知道右田村落的男男女女都穿着丧服，却头晕目眩

地觉得每一张脸都白花花的，分辨不出有谁在，表情又
如何。

樱花花瓣在飘动，所以应该有微风吹拂吧。

他闻到了黄水仙的香气。

低头一看，脚边开满了黄水仙。

春意盎然啊——他想。

眼前一清二楚的，唯有红茶色雕花铜质顶盖的木本色
灵柩车。

他把牌位交给老爹，向前迈出一步行了礼。

光线更为炫目，他想要挤出声音，可声音又被挡回
来。他明明站着，却犹如悬在半空摇摇晃晃。

妻子和女儿从两旁架住他的胳膊。

老爹代替他致辞道：

"感谢大家今日劳步前来参加故人森浩一的葬礼。浩
一结束了他二十一年的短暂生命，生前得到各位支持，得
以幸福度过。虽感孤单寂寥，但今后还请大家一如往常陪
伴身旁。感谢大家前来送殡。"

棺材抬到屋外，送殡人开始一边走一边念佛。

南无阿弥陀佛

南无阿弥陀佛

这是过去被蔑称为"加贺哭"，听上去曲调悲伤的念佛声。

南无阿弥陀佛
南无阿弥陀佛

已是第三代移民的曾祖父还在用加贺话讲述：过去，就像抬神轿一样抬着屈葬①的棺材，送葬行列一路念佛，直到到达山背后的火葬场。帮忙火葬的人把木桩子交叉摆好，再把棺材放上去，堆上柴火、稻草点火，一晚上不眠不休地火化。最后亲人用手把骨头一块块捡起来，叫作"拾骨"。

南无阿弥陀佛
南无阿弥陀佛
南无阿弥陀佛
南无阿弥陀佛

---

① 日本绳纹时代将死者的手脚、腰等部位弯曲后埋葬的方法。

他手捧牌位，走到灵柩车前，身后跟着短短的送葬行列。

这一带，家里有男孩子出生，人们就会说"生了个捧牌位的，不错啊"，也有人开玩笑说"哎哟，原来是个捧牌位的呀"。

捧牌位的人没有了。

捧牌位的人变成了牌位。

南无阿弥陀佛

南无阿弥陀佛

手……脚……

手持牌位，脚向着灵柩车走去。

手和脚都还在，却完全不由自主。

南无阿弥陀佛

南无阿弥陀佛

悲伤生拉硬拽着他，悲伤带走了一切……

南无阿弥陀佛

南无阿弥陀佛

手和脚都丧失了所有知觉。
他只是在恍恍惚惚地行走。

南无阿弥陀佛
南无阿弥陀佛

昭和三十五年二月二十三日，因为和浩宫德仁亲王同
一天出生，所以取了"浩"这个字。
虽然死了，可"浩"这个字还留着。
释　顺浩

南无阿弥陀佛
南无阿弥陀佛

浩一很快就会被放在灵柩车上。
用灵柩车送到火葬场。
浩一很快就会变成骨头。

南无阿弥陀佛

南无阿弥陀佛

南无阿弥陀佛

南无阿弥陀佛

灵柩车的门关了。

喇叭鸣响。

*

"MI-DO-RI-SO-。上野公园管理所告知各位游客：在公园里一边走一边吸烟不仅会给他人带来不便，还十分危险，请各位不要这样做。请在设有烟灰缸的地方吸烟。感谢各位游客的理解和配合。MI-DO-RI-SO-。"

尽管公园播放着广播，非法的职业介绍人和流浪者落座的长椅周围却总是烟雾缭绕。

建筑工程一万日元，拆除工程一万到一万两千日元。如果有电工和消防员经验，有望把日工资谈到一万三千日元到一万五千日元。如果不喜欢危险的工作，只要持有驾照和手机，可以报名按天雇用的派遣工。办公楼里的公司搬家、户外活动的场地设置和拆除一天可以挣到六千日元到一万日元。不过，愿意打日工的人大概会收起小屋搬到

DOYA①去，或是依靠福利办事处寻求低保补助。

但是，在这座公园生活的大部分人，都是不需要为别人劳动挣钱的人。从为了老婆、为了孩子、为了父母、弟、妹的枷锁中解放出来，可以只为了自己的酒钱劳动。越是这样，打日工就越不是一件轻松的工作？？？

过去是有家人的，也有家园。没有人是从一开始就在瓦楞纸箱和蓝彩钢板做成的简易小屋里生活的，也没有人是想要当流浪者才当的。事情发展成这样，自然有其原因。有的人借了高利贷，最后债台高筑只能趁夜逃跑，就此蒸发。有的人偷钱伤人进了监狱，出狱后也无法回到家人身边。有的人遭到公司解雇，妻离子散，房子也被收走，自暴自弃沉溺于酒精、赌博，最后身无分文。还有些四五十岁的身穿西装的流浪者，他们不断换工作，天天跑职业介绍所都找不到理想的职位，最后消沉气馁，就像丢了魂儿。

如果是陷阱，掉进去还能爬出来，可若是在悬崖峭壁上失足滑落，这两只脚就再也不可能重新踏入人生轨道。只有死亡那一刻才能停止坠落。然而，在死之前还必须活

---

① DOYA 是把旅馆"宿 YADO"这个词的音节倒过来读，指简易住宿设施，是打日工人的聚集地。东京的山谷、横滨的寿町等尤为有名。

下去，因此只好勉勉强强挣点零花钱。

　　一到秋天，可以在银杏树下捡白果，在凉席上晒干了卖。

　　在车站的垃圾箱里捡来漫画杂志和周刊杂志拿到旧书店去卖，一本可以挣几十日元。比起正经杂志，封面是穿着泳装、内衣的年轻女性的杂志卖价更高。也有人铺上塑料布，把捡来的杂志摆在上面卖。可是有时候当地的黑社会混混儿会收取地皮费，还听说有流浪者因为彼此争抢杂志而被踢落轨道，遭电车轧死。一旦短暂地拥有什么，就会被或遭剥夺的危险和不安所纠缠，不得安生。

　　从这一点来看，当天捡来当天就能全部卖掉变现的易拉罐就要轻松许多。拿着用来回收的塑料袋，一边走一边把路边、树丛或是从垃圾箱里的易拉罐捡起来。拿到废品回收店，一个两日元，一百个两百日元，要想挣一千日元就需要五百个，要挣两千日元就需要一千个……

　　自从六十七岁那年开始在这里生活，他不知道抬头仰望过多少次这座铜像。西乡先生的身体总是冲着 AME 横 ① 的方向，眺望着丸井大楼一带。他右手牵着狗链，左

————————————

① 东京都台东区的著名商店街。

手握着腰刀刀鞘，但看上去似乎右手更用力。

西乡先生身旁，散落着鹿儿岛县县树——原产于南美的鸡冠刺桐的红色花瓣。悬挂枝头的穗状花朵形状像荻，但情趣却不似荻悄悄绽放白色、紫色花朵，再随风雨凋落的缥缈无常。鸡冠刺桐的落花犹如血痕浸染的草席。

鸡冠刺桐的对面是彰义队队员 ① 的墓地。

小茂告诉他：

"西乡隆盛的铜像原本计划安放于皇居外苑广场，但是有意见认为，他是西南战争中背叛政府军的逆贼，在皇居附近建设他的铜像欠妥，所以就落脚于这上野公园了。服装也从陆军大将的军服更改为现在的便装了。

"西乡先生背后是彰义队的墓地，走路不到五分钟的清水观音堂里保存着上野战役中政府军国岛藩发射过的炮弹。居然会这样，这里真是个奇怪的地方。

"彰义队是担忧江户幕府和德川庆喜将来的有志之士组成的。最开始只来了十七个人，大约三个月就增加到两千人，在上野的山上建立了司令部。

"江湖的平民好像是站在彰义队一边的。吉原的人瞧不起萨摩藩和长州藩的人，把他们叫作乡巴佬。据说，她

① 彰义队是涩泽诚一郎、天野八郎在日本幕府末期的 1868 年，为保护征夷大将军德川庆喜而组成的部队。

们甚至宣布，要找情人就找彰义队员呢。

"江户城'无血开城'，德川庆喜离开江户后，彰义队失去了道义支持。西乡先生率领以萨摩藩和长州藩士兵为主力的政府军从上野广小路攻入。

"战况一进一退，起到决定性作用的，据说是设置在如今东京大学本乡校区的锅岛藩阿姆斯特朗大炮。炮弹越过不忍池击中了彰义队固守的观音堂。那两发炮弹和浮世绘版画一起装饰于观音堂院内，不过实际上那是哑炮。甚至还留下逸事，说炮弹飞来时看得一清二楚，彰义队队员们还互相提醒说快逃，快躲开。

"浮世绘版画上描绘着被战火包围的上野山，但这与传说是差异很大呢。政府军为了彻底破坏德川色彩浓重的上野山，从广小路的油店运油过来放了火，连没有罪过的宽永寺的建筑都烧毁了。

"听说战死的彰义队队员的遗体，在战火熄灭后依然放置在上野的山上，任凭风吹雨打。南千住圆通寺的和尚佛磨和侠客三河屋幸三郎二人实在看不下去，拼死在上野山上挖坑，火化了二百六十六人的遗体。

"就在那一年啊，白虎队发动了有名的会津战役。东北势力结成奥羽越列藩同盟展开战斗，不敌人数占绝对优势的政府军，在长达一个月守城之后，会津的鹤之城落入敌手。

"然后又过了不到十年,西乡先生在故乡鹿儿岛掀起反政府叛乱,最终西乡先生在城山的洞穴里自尽。

"作为政府军消灭彰义队和会津藩的西乡先生最后变成逆贼,被政府军打败。而西乡先生的铜像和彰义队队员的墓地,竟然在这上野公园里比邻而居,真是奇遇啊,只能说是因缘注定啊。

"阿和是福岛人吧?江户那会儿,这个公园的用地本来全都在宽永寺院内呢。宽永寺的开山鼻祖是天海和尚。天海和尚是会津高田人。清水观音堂背后有天海和尚的毛发塔。听说,天海和尚在上野种植的是染井吉野,但染井吉野是幕末诞生的樱花,因而为了恢复在那以前上野的樱花风景,宽永寺嘱咐各处的寺庙,若有好的樱花树就把枝条卖给他们嫁接。繁华大街上种植的是吉野的樱花,东京都美术馆入口处的,是福岛县三春町的泷樱呢。另外,国立科学博物馆旁边还有出生于猪苗代的野口英世铜像呢。"

这里是上野公园中外部声音听得最清楚的地方。他推着自行车沿街走,车上堆着装满易拉罐的鼓囊囊垃圾袋和捡来的杂志,半道上时常在西乡先生面前驻足,闭上眼睛。

汽车行驶的声音……引擎……刹车……滑过沥青路面

的轮胎声……直升机的盘旋的声音……

一闭上眼睛，就找不到声音发出的位置了，他开始拍动翅膀，分辨不出是声音在传来，还是自己进入了声音，仿佛和声音一起不留痕迹地吸进了天空。

那个声音……

就在耳畔响起，电车风驰电掣般开来，进站，有人下车，有人上车。直到电车出站开得没影儿，那个声音还在。呜——轰，轰隆轰隆，轰隆轰隆轰隆，轰隆，轰隆……仿佛一把锤子在头盖骨内侧不断敲击……轰隆，轰隆，轰——隆，轰——隆，噗，噜……这声音就快把鼓膜撕裂，他把身体蜷缩在自己的角落……噗嗤——咔咔，咔，咔……咔……咔……他因为恐惧而喘息，嘴里发干……轰隆……嘘，噜噜噜，轰隆……

他的手伸进上衣口袋，颤抖着取出几枚零钱，在自动售货机买来碳酸果汁，喝上一口后恐惧淡去，车站的日常流动呈现在眼前。

上车口的队列再一次排好。他又喝了一口果汁，把瓶子扔进垃圾箱，向黄线靠近。

"开往池袋、新宿方向的列车即将进站停靠 2 号站台。为避免危险，请您站在黄色安全线以外。"

一步，两步，走到前面。因为帽檐拉得很低，所以他认为没有人注意到他闭上了眼。他感受着脚底盲道的点状方块，在黄色线上站定，同时感到恐惧正在眼睑内的黑暗中一点点扩张。他听见，高跟鞋、皮鞋、长靴等脚步声和一边打手机一边走过月台的人声、等电车的人的咳嗽声交织在一起。他竖着耳朵一个一个地倾听着，然而，轰——隆，轰隆轰隆，轰隆轰隆轰隆，轰隆，轰隆……

"一看盒饭背后啊，品尝期到今天，我心想糟了，但是琢磨着估计没人注意，就没说话。"

"嗯嗯嗯嗯。"

"结果第二天公司收到了邮件。"

"是说有点变质了？"

"是啊……"

在西乡隆盛的铜像和彰义队员的墓地之间，两个穿着丧服的工薪阶层模样的男人正站着说话。戴着纱布口罩、头发花白的那位朝着广场向阳的地方眯缝着眼睛，年轻的那位手拎着包，身体略微发僵。

"可是，坦率点不是更好吗？与其不说，还不如对方把话讲清楚呢，对吧？"

"他说，没有放进冰箱，常温下搁了一夜，第二天早晨一尝，发现味道有点问题。哈哈哈。"

"不过，不是保质期，是品尝期对吧？如果放在凉快地方应该没问题呀。如果是放在微波炉里加热忘记取出来，在里面放了一夜的话，就是另外一回事了。"

对于明治政府来说，彰义队是叛军，因此墓碑上没有雕刻"彰义队"字样，门口的贴栅栏上有一个圆形的"义"字浮雕。

导览牌上说，存活下来的彰义队队员在作为遗体火葬场的这片土地上建立了墓碑，此后一百二十余年间，其子孙一直守护着墓地，现在作为历史性纪念碑由东京都管理。眼下，供奉的人造花已经褪色得分辨不出原来的颜色，花茎也折断了，香台上放着金鸟牌蚊香盘，裂成两段的两升饮料瓶横卧在上面。

"最近我女朋友迷上了零余子，做个沙拉要是没有零余子，都吵吵嚷嚷说'没放零余子呢!'"

"零余子？又喜欢古雅的东西呀。哎呀，盐煮零余子可以当下酒菜，零余子焖饭也相当美味呢。"

"我带她去鳗鱼店呀……"

"鳗……鳗鱼可不成。鳗……鳗鱼快没了，可别多吃啊。那是濒危物种了。鳗鱼鱼苗一年比一年少，要是不尽量保护产卵的成年鳗鱼，会灭绝的，这可不是开玩笑呢。"

"鳗鱼盖饭，不是一人一条吗？她把筷子伸到我这儿，连问都不问我就不由分说地夹走一半呢。一吃鳗鱼盖饭，她不吃上一条半就不满意，所以我净剩米饭了，只好撒上胡椒粉咽下去。去趟鳗鱼店，太不容易了！"

"鳗鱼盖饭现在要卖两千日元左右了吧？"

"她指定的地方要三千日元呢。"

"啊？"

"所以不能领她去那种地方呀。最便宜的都得三千日元。所以才去 Gusto① 嘛。"

"Gusto？"

"去 Gusto 之类的地方，米饭本来就可以加大碗的呢。"

"是吗？她多大？"

"三十二。"

———————————

① 日本一家连锁家庭餐馆。

"那已经不是能吃的年龄了。"

穿着丧服的两个人慢慢迈步，穿过广场向清水观音堂方向去了。

在广场正中央，一个白领打扮的女子正弯着腰，把紧身牛仔裤的裤脚塞进茶色靴子里。披肩发把她的脸遮得严严实实，仙鹤似的影子从靴底延伸出去。

"每次去她家，大概率她都在吃汉堡。"

"汉堡？"

"总之她一定在吃什么，巧克力之类。"

"听说巧克力不能吃多了哟。"

"什么都是这样吧。我不是也吃甜食吗？草莓百奇最多六根。不过，那个明治的巧克力板，吃吃也是无所谓的吧，要说起来，少量的话，倒是建议吃点呢。如果别吃太多的话。"

"吃巧克力的时候呀，好像必须得吃那种加了杏仁的呢。"

风吹拂着，光与影的网眼松开的阴凉处，一个四五岁的女孩子骑着带有辅助轮的自行车冲出来，开始在向阳的地方画圆似的绕起圈圈来。自行车的前筐和头盔都是粉红色的。

　　"最好是每天都吃甜食哟。方糖就好。方糖最便宜
最好。"

　　"是棉花糖呢。"

　　"什么？"

　　"她喜欢吃棉花糖。"

　　"棉花糖口感不好，我可吃不了。最近那什么，真的
是老了。咸干鱼串儿，经常呀，下酒菜里会有咸干鱼串儿
对吧？我净吃那种东西呢。"

　　"咸干鱼串儿最好吃了。您这可不显老。牙齿多好啊。"

　　一个无家可归的老妇人从清水观音堂前走过。她用布
手巾把头发全包起来，拿别针把过冬的外套别在背包上。

　　"要是超市里没有咸干鱼串儿卖，我就到处找，直到
找到为止。"

　　"现在好像很少有卖咸干鱼串儿的吧？"

　　"有，转上几家就能找到。所谓功到自然成嘛。"

　　链锯的声音响了起来。银杏树和山毛榉枝桠交错犹如

隧道。工作人员在淡蓝色的吊车车筐里，按照下方的指示一边确定位置一边锯断枝条。还有工作人员把落下的枝条集中捆起，拿竹扫帚把木屑归拢到一起。

"一整条的鱼干热量好像不太高，挺健康的吧？"

"不过，盐分比较高哟。我是高血压，所以医生要求我每天摄取的食盐控制在六克以内，其中包括加工食品含有的食盐。可是，没有咸味儿吃不下饭啊。下酒菜也是咸干鱼串儿最好呐。"

"柳叶鱼，柳叶鱼好。"

"哦，柳叶鱼好啊……"

穿着丧服的两个人，在摺钵山的牌子前加快脚步，向JR上野公园口方向走去。

摺钵山前面竖着两块牌子。一块是上野警署的白色牌子，上面的红色字体很醒目："夜间禁止入内"。另一块是台东区教育委员会的不锈钢牌子，上面是摺钵山名字由来的介绍。

"摺钵山古坟　摺钵山因形状犹如倒扣的研钵 ① 而得其

---

① 日语"摺钵"的中文意思为研钵。

名。这里曾出土弥生式土器和土俑碎片，因此被认为是大约一千五百年前的前方后圆式古坟。"

摺钵山的山顶是一个圆形广场，四周包围着银杏和山毛榉的高大树木，从早春到初秋都郁郁葱葱，一眼望不透。

在树干和枝叶的缝隙间，能看见"正冈子规纪念球场"的绿色围栏。正冈子规大学时代曾与伙伴们在上野公园打棒球，球场正得名于此。在举行少年棒球和成人棒球比赛、训练的日子里，能听见运动员互相之间的喊叫声、球棍、手套和棒球接触的声音、观众席和挡球网后家人的加油声和欢呼声，但是今天什么都听不见。

倾听。

说话会绊倒、迷路、绕道、走到尽头，可是倾听是直接的——总是能只剩下耳朵。

"叽——"的声音懒洋洋地传来。

或许是第一次蝉鸣。

是蟪蛄啊……

或许不是蝉，是蝈蝈儿……

嘎——嘎——嘎——乌鸦藏身于树林间某处，而三只麻雀立在广场正中间的煤气灯形状的电灯上，啾啾，啾啾，叽叽喳喳……

正冈子规纪念球场的方向传来割草机的声音。

方向不定的风在树叶的缝隙间沙沙钻过，流浪者们的帐篷村映入眼帘。四周是绿色围栏，围栏的网子上覆盖着塑料布。印刷在塑料布上的图画里，有飞翔的海鸥和飘浮着积雨云的蓝色天空，有立着两棵树的山丘，有带烟囱的红色屋顶两层楼房，还有争先恐后奔向家门的两条白花狗，却没有一个人。

刚才立在电灯上的三只麻雀已经一只不剩了。他搞不清楚苦苦纠缠今日这一天的自己是个什么人，他想和某个人四目相对视线相交，不是人也可以，哪怕是和麻雀……

电灯的正下方，一只茶色的麻袋张着口，旁边是堆积如山的落叶。只需要把树叶扫进簸箕倒入麻袋即可，但是既没有扫帚也没有簸箕，还没有人，没有，没有，没有……

人，有一个。在圆形广场外围，有三个无论是形状还是大小都像石棺一样的石凳子。其中一个，上面仰卧着一个头顶部光秃秃的男人。紫色运动服搭驼色长裤，背上垫着报纸，胸前搭着绿色毛衣。两只手交叉放在胸口，穿着黑皮鞋的两只脚就像绑在一起似的紧紧并拢。眼皮、嘴唇和喉结都一动不动。也听不见他的呼吸声，说不定他就不是活着的。要是他已经断气，时间过去的应该也不长……

他的脚下放着一个装着易拉罐的九十升装半透明垃圾袋。装了三百个，所以能卖六百日元。如果有六百日元，既可以去公共浴室，也可以在漫画咖啡馆和网咖里冲淋浴，还能在吉野家吃碗热腾腾的牛肉盖饭，在咖啡馆里喝杯咖啡。

可是，就这样拿去的话，废品回收站是不收的。需要用锤子把易拉罐一个个敲扁。冬天的话，即使戴着劳动手套手也会冻僵，很不好受。夏天的话，浑身上下都会沾染空罐子里残留的果汁、运动饮料的气味，让人厌烦。

虽然这个男人穿着打扮整洁得让有家可归之人看不透他的身份，但是他以收集易拉罐为生，还在石凳上睡得死沉死沉，证明他应该也是个流浪汉。

小茂同样总是衣着整洁。

不记得那是什么时候，挺冷的，一定是冬天。他捡了一整天易拉罐、旧杂志，推着自行车回到小屋时，平常滴酒不沾的小茂对他说："阿和，喝一杯怎么样？"

他打开角落里给小猫开有出入口的三合板屋门，把两只鞋子摆好，说声"打扰了"便进了门。这是他头一次受邀进其他人的小屋。小茂或许也是头一回邀请客人，他不合时宜地害羞起来，抚摸着爱猫埃米尔的脑袋和后背说：

"快进来，就是地方小。"埃米尔高高地撅着屁股，尾巴像铁丝似的竖起来，隆重地用喉咙发出咕噜咕噜的声音。

墙上挂着时钟和穿衣镜，还悬挂着日历，上面画着红色、蓝色的圈，还标有备注。因而他想，小茂果然是个认真的人呐。在变成这样之前，一定是在政府机关或者学校之类的地方工作吧。

"天气冷，我们喝点温酒吧。"小茂把锅放在卡式炉上，注入存贮在矿泉水瓶里用来做饭的水，把两个大关一口杯放进去烫热。

书架上摆满了捡来的书，可照明只有天花板上垂下来的手电筒，所以读不了封底的字。就算能读，他觉得自己也搞不懂那是些什么书。

小茂说"只有这些东西"，拿出盛着花生和墨鱼干的碟子来。埃米尔喉咙里咕噜咕噜的，额头在短腿桌的边缘蹭来蹭去。小茂对它说："都说猫吃了墨鱼干会直不起腰，那可不是迷信哟。墨鱼和贝类含有维生素 B1 分解酵素，大量食用的话会缺乏维生素 B1，腿脚就会发软。加热的话酵素就不起作用了，但是墨鱼干在胃里吸收水分后会膨胀十倍，很难消化。会导致呕吐、急性胃扩张、腹痛，所以我拿点更好吃的东西给埃米尔哟。"他从悬挂在天花板上的购物篮里取出猫粮和金枪鱼罐头。小茂刚把食物倒在碗里用勺子拌匀，埃米尔就啊呜啊地吃了起来。

"只要看到猫吃得这么香，我就饱了。我们家是以猫为中心的。一有现金，首先买猫粮，剩下的钱再给自己买吃的。这个小屋住两个人有点挤，但是一个人一只猫的话，倒是足够宽敞了。"

两个人看埃米尔看得出神的时候，锅里的水烧开了。小茂想把大关一口杯取出来，但是光着手烫得没办法拿。

"都说温到三十度、三十五度好喝，我们这个太烫了，没法喝了……"小茂说着，用戴上劳动手套的两只手把大关一口杯拎出来，帮他打开罐子盖。

"就这样吧，来一杯。"

"啊，谢谢，那么，我就不客气了。"他把毛衣袖子拉下来，举起酒杯，注视着大关一口杯蓝色标签背后的盆景照片，抿上一口。

"哟，好烫！"小茂说。

"天气冷，烫一点暖身。"

不能喝酒这件事，他瞒着没说。

喝下大概一半，当标签上 A Cup of Happiness 的文字浮出水面的时候，吃饱喝足、整理皮毛的埃米尔跳到小茂膝头蜷起了身体。

小茂抚摸着猫儿的背部，仿佛想要开口说出他并不善于表达的话语。小茂满面通红，看来也是个不能喝的。

"今天是我儿子三十二岁的生日呢。到了四十岁才好不容易得来的孩子呢，是个独生子……"

他等待着小茂的下一句话，时间仿佛很漫长。在有限的空间里，和一个度过了与自己迥然不同的七十二年光阴的人面对面，是一件可怕的事。他注视着悬挂着平底煎锅、大勺子、长筷子、汤锅那看似厨房的角落，让视线逃到用割穿的瓦楞纸箱做成的窗户，抿了一口比三十度和三十五度还要温吞的酒。

"分开的时候，他才十岁，现在说不定有家有室，连我的孙子都有了呢……"

小茂开了口。仿佛他并不是向前一步，而是后退了一步。

"我犯了错，抬不起头，露不了脸，于是逃跑了。我想，被我丢下的妻儿一定遭人在背后指指点点，吃了很大苦头。"眯缝起眼睛的小茂似乎突然衰老了。

小茂的话还没有说完，杯中酒就空了。没有了喝的，他感到自己就像被剥光了一样无地自容。自己也是昭和八年出生的，马上七十二岁了，自己的儿子如果活着就要四十五岁了——这些心里话，他一句也不愿意提。

他只是小心翼翼地不让醉意将自己推向悲伤的方向。

　　无法丢弃的关于过去的回忆，全都收在了箱子里。给箱子贴上封条的，是时间。不能打开贴着时间封条的箱子。一旦打开，就会立刻跌落到过去。

　　"我觉得他们俩都在怨恨我吧。虽然我不止给他们两个人添了麻烦……"

　　传到耳朵里的声音仿佛因为高烧而迟缓，飘忽不定，一点也不像小茂在说话。

　　"就算死了也回不去老家了。如果身上有证明身份的东西，就会有人联系他们，所以我把那种东西全都处理了。等我死了，我会被葬在某个无主坟地吧。"小茂说完这话，长长地吐了一口气，直起身来，用平常的语调问：

　　"明天据说台风要接近关东，阿和有去其他地方的计划吗？"

　　"没有，我就在小屋里待着。"他也跟着挺直了后背，说的话也改成了敬语。

　　那时候，小茂邀请他一起去图书馆。他说，沿着昭和大街朝入谷方向走，再从言问大街走向隅田川，就能到达台东区中央图书馆。可以读报刊杂志，在视听资料角可以用耳机看录像、听录音，乡土历史和文化财产的书籍也很丰富。从早晨九点待到晚上八点也不会有人过问。但是，他感到小茂握着空空如也的大关一口杯的细长手指上充满渴望，这让他害怕，因而他推辞说自己不喜欢读书，离开了小茂的小屋。

他感到小茂是在渴望他人，渴望有人倾听。如果提问，小茂应该什么都会回答，甚至是小茂犯下的"错误"，如果自己以一种设身处地的态度去询问的话……又或者，如果多喝上一两盅大关一口杯的温酒……两个人之间或许会萌生友情，但是得知他人秘密的人，将不得不说出自己的秘密。秘密不一定是隐瞒的事。即使不是值得隐瞒的事情，如果闭起嘴来不讲，也就成了秘密。

逝去的人生，总是思念不在的人。思念不在身边的人。思念不在这世上的人。对在这里的人讲述不在这里的人，他感到过意不去，哪怕那是自己的家人。他不愿意因为讲述而减轻关于不在之人回忆的分量。他不想背叛自己的秘密。

那个晚上，他在小茂的小屋里喝了一口杯大关。一个月之后，他不见了。

小茂会感到悲伤吗？

帐篷村前面，一个头发就像白色鸟窝似的老妇抽着喜力在说话。她说，小茂在小屋里变得冷冰冰了……

小茂什么时候死的，又是葬在了何处？小茂小屋里的那些书，大概是有人拿到旧书店卖了，可是埃米尔去哪儿了呢？是养在某人的小屋里，还是抓起来在保健所里杀掉处理了呢？

他以为死了就可以见到死去的人。他以为能够在近处看见远在他方的人，随时可以触摸可以感知。就在那一瞬间，他觉得自己看清了活着的意义和死去的意义，犹如大雾散开一清二楚……

可是，醒过神来，他又回到了公园。他留下到达不了任何地方、不理解任何东西、无数个疑问一直彼此竞争的自己，他是在生的外侧丧失了存在可能性的人。尽管如此，依然不断思考，不断感知……

躺在摺钵山圆形广场石头上的男人，还没有醒来。一只猫不知从何而来，在男人脑袋旁的木桩上"咔咔"地磨起爪子来，可是男人好像没听见声音。那是一只黑白双色猫……埃米尔是只虎皮花猫……

下了西侧台阶，在公共电话背后有一对身着校服的人。看上去不像初中生，应该是高中生。男生食指触碰她的脸颊、抚摸她的头发时，她就像猫似的一动不动，而当男生的手臂环绕她的后背，脸庞贴近她的脸庞时，她的身体却变得拘束，穿过他拥抱的手臂，把书包交给他，迈开了步子。

他看着公共电话话筒和按钮上的数字。

残留在记忆中的，是妻子打来的电话中断，"嘀、嘀、嘀"的提示音在耳边响起，却依然把话筒贴在耳边的自己的手。在接到浩一讣闻的那一天……

那一天……时间过去了。时间结束了。可是，那个时刻却像散落一地的图钉。他的目光无法从那时悲伤的视线上移开，只能痛苦不堪……

时间没有过去。

时间没有结束。

温热潮湿的微风犹如舔舐般吹来，树枝温柔颔首，将雨滴摇落。离黄昏还有一段时间，可是人流忽然中断。就连链锯和割草机的声音听起来都像是宁静的一部分。阳光一天比一天强烈，树木的影子逐渐缩短，因此梅雨季节应该很快就会结束，响起蝉鸣声。

一个身穿蓝色牛仔裤和白色衬衫，貌似大学生的女孩出现在街角，她在上野之森美术馆的海报前放慢脚步投去一瞥，又神情忧郁地走向车站。

"雷杜德'玫瑰图谱'展"。

那是一幅大朵粉色玫瑰图。犹如圆白菜叶片一样重重叠叠的花瓣，越靠近中心红得越深，不由得让人感到，隐藏在花瓣下的中心或许红得就像蹭破的膝盖。在发黄的柔软花茎、尚未开放的花蕾的花萼上，描绘着一根根纤细的刺。

上野之森美术馆大厅的礼品店里，六七十岁的女性们正在欣赏、触摸、购买玫瑰图案的手帕、零钱包、明信片、便笺和扇子等。

正在展览的是活跃在十九世纪初期的法国宫廷画家的玫瑰画，共有一百六十九幅。

两位女士朝着路标箭头的方向缓步前行，一边欣赏玫瑰画，一边聊着和玫瑰无关的话题。

"我的人生啊，可不得了了，最近。"

"因为武雄不让别人掺和嘛。"

"什么都是武雄在管理呢。我没在照顾，所以没有权利啊。而且送到医院也是要花钱的。"

"我觉得武雄有他正确的一面呢。不过，光靠正确是活不下去的呀。"

"我想问问武雄，可他也不跟我说呀……"

"老公的父母家，说到底还是别人的家。"

"所以啊，武雄也说不要别人掺和嘛。不过，难道我是别人吗？"

"是别人呀，当然是别人。又没有血缘关系。"

法国蔷薇，主教玫瑰……眼前这一朵过了盛期，外侧的花瓣打卷，是发黑的深紫色，里面那一朵刚开始开放，是红紫色……

"你不去长野了？"

"八之岳吗？八之岳，我不去了呀。去不成了。因为往年我都是和武雄两个人一起去的嘛。"

重瓣微型玫瑰，爱的玫瑰……在发紫的五枚粉色花瓣中央，黄色雄蕊和雌蕊如火炬一般耀眼……

"他只会为了声明自己不是阿尔茨海默病才打电话来呢。"

"因为，如果是阿尔茨海默病就没法打电话来了嘛。"

"不过呀，真是让人看不下去呢。可是，他还像对待服务员那样命令说：'惠美子，去泡茶！'"

"人生啊，真是让人感慨万千呢。"

"老糊涂了真遭罪啊，身边的人，对吧？"

Rosa Gallica Versicolor（杂色法国玫瑰）"朝雾玫瑰"，普罗旺斯的条纹玫瑰……有着仿若郁金香的花白条纹花瓣，尚未彻底打开的花苞中央的花瓣，沾上了雌蕊的花粉，添了一抹淡黄……

Rosa Gallica Regalis（皇家属地玫瑰），国王的长袍……无数粉色花瓣错落有致地起伏延展，隐藏着饱满葡萄串似的花芯。

"武雄给我寄来了咖喱软罐头、西式炖菜套装什么的。你觉得那是什么？"

"说是中元节礼物还早了些吧，而且你们在户籍上还是夫妻，所以中元节送礼还挺奇怪的呢。"

"有一张写着'感谢'的礼签……"

"感谢？谢什么呀？武雄是不是最近也想把这件事解决了吧？你们分居已经半年了吧？"

"是 S&B 牌有点餐馆风格的那种呢。"

"就是'年节菜好，咖喱也不错'的那种东西。"

"你说的是 House 牌无需烹饪咖喱的广告。不过，南海海槽地震呀，首都正下方地震什么时候发生也不知道呀，所以正好用作不时之需。"

"那个呀，和饭团子挺搭的。"

"咖喱和饭团子？"

"你不知道？可好吃了。"

Rosa Alba Regalis（白蔷薇），脸颊泛起红晕的少女……白中混合着少许粉色，越靠深处颜色越深，仿佛被吸收进去了一样……

Rosa Alba Flore Pleno（半重瓣白蔷薇），约克家族的玫瑰……纯白的花瓣闪烁着珍珠般的光泽。展示板上写着，据说英国的玫瑰战争中，约克家族的标志就是这种白玫瑰。然而，嘴巴一直说个不停的两个女人却带着眼中的阴云从玫瑰画前经过。

"不过，我觉得也该和武雄好好谈一谈了。"

"你看，我们家是和儿子儿媳一起住的，还有孙子们呢。"

"孙子们在的时候就算了吧。找个没人的时候把他悄悄叫来，或者约在咖啡馆之类的地方。"

"这种事也不方便在咖啡馆谈啊，你说对吧……"

"公园怎么样？在上野公园边走边聊，这就不会引人注意了。"

"在公园里说话呀，又不是学生，多不好意思啊。"

"嗯——还是在家里好吧……"

Rosa Gallica Flore Marmoreo（法兰西蔷薇），大理石
花纹的普罗旺斯玫瑰……介于橙色和粉色之间的双重花瓣
上散布小鹿斑点似的白色花纹……

Rosa Inermis（波索特玫瑰），卷着漩涡无刺的玫
瑰……花色似杏似粉，说不清清道不明，花瓣姿态随意地
绽放，很像毕业典礼时装饰在教室黑板上的纸花……把
五六张花纸重叠起来，风箱似的正反交错折叠，用橡皮筋
在中间固定，再一张张地展开……

故乡八泽村没有哪户人家种植玫瑰。

他第一次得到的玫瑰，是"新世界"的白玫瑰。

在东京，他不顾一切竭尽全力地工作，吃喝嫖赌一点
都不沾。他觉得，如果和东京的女人说话，对方一定会嘲
笑他的口音，就连出门买东西也跟女店员说不上几句话。

开始出入夜总会"新世界"，是过了浩一三周年忌日
之后，所以应该是在他五十岁左右的时候。

那时候，弘前公园附近在建运动场。工作结束后，他
走在大约三百家酒馆鳞次栉比的娱乐街上，看见了"新世
界"的粉色霓虹灯，于是停下了脚步。

　　换做十年前的自己，一定会难以置信。他独自一人进了店，找到人接待。并没有人嫌弃他被泥巴弄得脏兮兮的工作服。

　　坐在沙发上等待陪酒小姐的时候，他注视着烟灰缸旁边插着的一朵白玫瑰。他怀疑是人造花，于是拔出来闻，闻到了香味。就在这时，一个陪酒小姐在他身边坐下，说道："让您久等了，我是纯子。"他慌慌张张把玫瑰插回花瓶，只听见纯子问："您是喜欢玫瑰吗？"这口音和老家话接近，因此他故意用方言说："不是，我以为是假花呢，一闻还真有香味呢。"纯子一听笑了，长及腰间的丰盈黑发也随之摇摆，帮他用水兑好一杯威士忌。

　　纯子是浪江人。他们想到什么聊什么，请户港、相马追赶野马节、她的兄长和弟弟工作的核电站、浜通的事情……聊着聊着，原本就黑暗的大厅变得就像隧道一般漆黑一团，一颗大玻璃球开始旋转，在纯子白净的脸庞、隆起的胸部上反射微小的光芒。干着体力劳动，睡觉时总是像被打倒在地，记忆中他从来没有做过一个像样的梦，然而"新世界"的纯子就是梦幻般的女人。

　　"我们来跳个贴面舞吧。"

　　"我没跳过舞呀。"

　　"没关系。"

他任由纯子拉着手走到大厅中央。

紫红色的地毯吸收了脚步声，就像没有人在行走。

音乐在流淌，却比夜晚还要寂静。

侧耳倾听，耳边传来自己的心跳声，还有她的低声细语："抱着我，手臂揽着我的后背。"

他有生以来第一次跳了贴面舞。

她的双眸湿润。

她的双手就在腰间。

她的头发让人酥痒。

她的耳环在摇晃。

她的胸部柔软。

她的香水和桌上的白玫瑰一样，是犹如海风和柠檬混合在一起的清爽香味。

他浑身摇晃。

仿佛身处摇荡的小船。

摇荡着摇荡着，他觉得获得了解放，同时又感到自己被包裹了起来。

住在弘前的时候，他一定会去"新世界"。

他总是点名要纯子陪伴。有时候按纯子要求，在她上班前先见面再一起去夜总会，也会等到闭店坐出租车把纯子送到公寓门口，但是他们维持着夜总会陪酒小姐和常客的关系，从来没有越轨。

到了六十岁，他决定不再打工，要回家乡八泽村去。

因为再也见不到纯子，所以他在最后一天抱着一束白玫瑰去了"新世界"。

他笔直地站在纯子面前，道声"再见"，把花束递给她。她说了声"谢谢"，把脸埋在白玫瑰里，仿佛封闭在了浓烈的花香中。悲伤涌上了喉头，但是他没有哭。她从花束中伸出苍白的右臂，他握住那只手摇动，身体像蛇一样起伏。

从那以后他再也没有见过纯子，既没有打过电话，也没有写过信。他既不知道弘前的"新世界"是否还在，也不知道纯子如今在做什么，是不是还活着……

"你家如果有想要的盆栽就拿走哈。"

"盆栽呀，我没有余力呢。必须照顾的，对吧？啊，朋子因为父亲突然去世，受了相当大打击呢，听说卧床不起了……"

"不过，不是一步也出不了门吧？"

"说不定今年的同学会她不来呢。"

"来的，朋子会来的。她可是拿全勤奖的呢。"

另外两个人，不过依然是六十到六十五岁的女性，一边欣赏意指"拥有一百片花瓣"的 Rosa centifolia（百叶蔷薇）图，一边聊天。

肖像画中的玛丽·安托瓦内特手里拿的就是百叶蔷薇。此花因此闻名遐迩，被称为"画家的玫瑰"，收录于雷杜德图谱的第一号中。这种大花朵的玫瑰因为花瓣过多，雄蕊和雌蕊都退化消失，无法结成种子，所以只能采取扦插和嫁接进行繁殖……

"不是有餐边柜吗？放在上面就可以吧？"

"放在日式房间怎么样？"

"不是日式房间，佛龛是放在佛堂的。"

"我家没有什么佛堂。父亲去世的时候，妈妈买来那么大一个佛龛，而且买完了才告诉我，真是头疼死了。"

"地震时摇摇晃晃的，特别害怕吧？"

"恐怕只能放在电视机旁边了……"

"把餐边柜放在电视机旁边吧。高度不是正好合适吗？台子的高度可以调节的对吧？"

"我们家也许有什么台子。"

"你最好是买一个牢靠的餐边柜。"

"你能陪我去看看吗？"

"明天吗？"

"没那么着急的。"

Rosa centifolia mutabilis（包心玫瑰），无双玫瑰……
饱满紧致的球形花朵白得像白人女性的肤色，唯有外侧的
花瓣红得如同扑上了胭脂……

Rosa indica Cruenta（香水月季），血红色花朵的孟加
拉月季……带巧克力色的红，眼看就要凋谢，几片花瓣就
像狗舌头似的垂下来……有着醒目锯齿边缘的叶片卷起
来，露出鼠灰色的背面……

Rosa indica（印度玫瑰），孟加拉的美丽少女……红色
的花蕾一旦打开，深浅不一的粉色花瓣就开始绽放……叶
片像鳐的胸鳍一样起伏，朝下的大刺色如血泡。

就像是终于等到了捧牌位的长子返乡，老爹死了，老
娘死了。两个人都活过了九十岁，也算是寿终正寝吧。家
里的墓地就在能看见右田浜的山丘上。他把双亲的骨灰罐
放在二十一岁就早夭的浩一的骨灰罐旁边。

结婚三十七年，他一直在外打工，和妻子共同生活的日子加起来也不到一年。节子生养了两个孩子，把年龄相差很大的弟弟们送进大学，把女儿洋子嫁出去，一边照顾年迈的双亲一边下地干农活，其间还孜孜不倦地坚持存钱。他和节子商量说，每个月还有七万日元养老金，这样就可以放心地活到临终那一天了，还找木匠来修理了损坏的屋顶、墙壁和水路。

嫁到仙台的洋子生了三个孩子，寒暑假的时候会来家里住。老大是女孩，十四岁，下面两个是男孩，一个十一岁，一个九岁。邻居们说，一女两儿，正合适。

小孙子大辅和浩一小时候长得一模一样，但是妻子和他都没有把这话说出口。

雨从早晨开始就下个不停。

他不由得想起那一天——十九年前，浩一的遗体在警察局解剖的时候，他和节子两个人去了浩一生活了三年的公寓，在浩一死去的被窝里躺到天亮。

为了隔壁的隔壁千代婆婆的七七法事，邻组的女人们按例要准备斋饭，节子也一大早就出门去准备了。

傍晚，他换上丧服去吊唁。在胜缘寺主持的带领下，双手合十向佛龛里的本尊礼拜，和门徒一起念诵《阿弥陀经》和赞佛偈。

　　据说，施主胜信初中毕业后就集体就业去了东京，在三菱电机的大船工厂工作。他退休之后，为了和独自生活的母亲同住，把妻儿留在那边回到了家乡。

　　"时间过得真快啊，已经四十九天了。母亲健谈，爱照顾人，正因为这样，吃晚饭时没有母亲才更让我觉得孤单。托大家的福，她走完了八十八年的人生，得以往生净土。所以，我想逐渐调整好情绪走出来。

　　"因为家里人住在神奈川，所以我打算安顿好这边的事情就回去。不过，今后每次做法事我都会回来，所以以后还请大家继续来往陪伴。我准备了粗茶淡饭，如果大家有时间，请尽可能多留一会。今天非常感谢各位。"

　　斋饭开始。一边吃着酱油炖菜、红烧牛蒡、腌菜、土豆沙拉和焖饭做的饭团子，一边和胜信交杯换盏。不知不觉中醉得走路都摇摇晃晃。他不记得自己怎么回的家，没有吃完饭就直接躺在了节子铺好的被窝上。

　　雨声把他吵醒了。

　　节子总是早起，自己七点左右醒来的时候，她已经洗完衣服，打扫完庭院，厨房飘来大酱汤和米饭的香味。

　　今天没有任何香味……

他听见雨水管落下的水珠溅起"噗噗"的声音。

雨下得挺大啊……

他睁开眼看看天花板。

窗帘缝里透进的阳光用雨水渲染着整个屋子。

他侧过脸,发现节子躺在旁边的被窝里。

他伸出胳膊想要叫醒节子——冷冰冰的。

他摸到的,是被子外面节子的手臂。

他吃惊地坐起身,掀开被子摇晃她的身体,却发现她已经开始发僵。

她当时也许很难受,眉头紧皱,双眼紧闭。

"为什么?"他不由得问道。

他的心脏剧烈跳动,脑子里红彤彤的一片空白。他环视整个屋子,怀疑自己在做梦。所有东西都好端端放在现实中的位置。就是现实。熟悉的挂钟声音响彻整个房间,他情绪激动,数不清声音响了几遍。他一看钟面,短针指着七,长针指着十二。

他对节子呻吟道:"七点了。"

守夜、葬礼、告别仪式、出殡、火葬、拾骨、骨灰供奉法事、死亡通知、前往胜缘寺和邻组打招呼、返还保险卡和终止养老金领取等手续、整理遗物、七七的法事、安放骨灰……他感到自己做的事情和自己本身完全不在一个频道上，但依然一件又一件地完成了与节子的死亡相关的事情。

他打开墓碑下埋骨室的盖子，把老爹和老娘的骨灰罐向里挪挪，把浩一和节子的骨灰罐靠外并排摆好。就在这一瞬间，"叽——叽——"的叫声在头顶的松树上响起。

那是每年梅雨季节过去时，蟪蛄羽化后的第一次鸣叫。

他想起节子死去的前几日，曾一边叠衣服一边说"孩子他爹，我觉得我会死在蝉鸣的时节"，忍不住双手扶膝哭起来。节子也许倾诉过："真难受，救救我……"如果立刻叫救护车说不定还有救……可是自己喝醉了酒睡得太沉，没有发现身边的妻子已经咽下最后一口气。他觉得，这相当于是自己杀死了妻子。

胜缘寺住持诵经之后，从作为施主的他开始轮流上香。所有人上完香，结束埋骨仪式后，节子的哥哥定夫安慰他说："人死不能复生，再难过懊恼也没用啊。你们夫妻二人度过了七年如同新婚旅行一样的亲密生活，节子是幸福的，你应该这样想啊。"他自己却一再回味着浩一死时老娘说的那句话："你真是不走运啊。"

节子虽然抱怨过腰疼腿疼，可是勤劳如她，身体结实是一大优点。没想到才六十五岁就死了。怎么这么倒霉呢？——悲愤的船锚沉入心底，他已然连哭都哭不出来了。

女儿洋子担心他，时常让刚开始在原町宠物医院当护士的外孙女麻里来看望他。最后，麻里因为担心外公，干脆离开公寓搬过来住了。

一条名叫小太郎的公狗也一起来了。这是身体和脸都长长的、经常吠叫的茶色小型犬。听说它被遗弃了，用铁链拴在宠物医院的围栏上。麻里写了招募主人的传单贴在宠物医院的通知栏里，但是没有人领养，于是她就自己开始养了。

麻里是个好姑娘。每天早晨给他烤面包片，煎鸡蛋或火腿蛋。歪着脑袋对坐在脚边等待的小狗有说有笑，模样很是可爱。早晨七点，她让小狗坐在副驾驶座，沿着国道六号线前往原町。麻里回到家常常是深夜，因而他自己做午饭和晚饭吃。在外打工的宿舍生活让他积累了经验，所以他并不认为做饭洗衣是件苦差事，但过完节子死后的第一个盂兰盆节，他开始失眠。晚上，他一躺在床上，两肋就开始发冷，唾沫黏糊糊的，舌头酸溜溜的。全身上下分布的所有神经都绷紧了，没有睡意。他发现自己双手发麻，于是闭上眼睛试图调整呼吸，可是又害怕闭上眼睛。不是害怕幽灵之类的东西，也不是害怕死，害怕自己死。

他害怕的事，是活着度过不知何时结束的人生。他感到自己无力抵抗向整个身体袭来的重压。

下雨的早晨。

"挺闷的呢。"麻里说着把窗户打开一半，拉好纱窗。饱含湿气的风和雨声一起吹进来。他闻着雨的气息，吃完麻里给他做的炒鸡蛋，把麻里和小狗送到玄关。他想，不能为了自己这个当外祖父的把刚满二十一岁的麻里绑在这个家里。

"突然离开，很抱歉。外公要去东京了。不会再回这个家。请不要找我。你总是给我做美味的早餐，谢谢你。"他留下一张字条，从衣柜里取出打工时用过的黑色旅行包，把日常用品塞进去。

他从鹿岛站坐常磐线，在终点上野站下了车。他从公园口检票处出站，发现上野同样在下雨。绿色信号灯开始闪烁，因此他没有打伞就过了人行横道。走到马路另一边，他抬头仰望夜空。他看见豆大的雨点从空中落下，雨水打湿的眼睑在颤抖。那个晚上，他决定在东京文化会馆的屋檐下度过。雨水有规律地击打地面，他听着这个声音，不知不觉中疲劳与睡意袭来，于是头枕旅行包睡着了。

那是他有生以来第一次露宿。

Rosa Multiflora Carnea（粉红色重瓣野蔷薇），一串串开放的肉色蔷薇……浑圆小巧的粉色花朵聚集在一起开放，就像音乐会上孩子们摇响的铃铛。沉甸甸的花朵压弯了花茎……

Rosa pimpinellifolia Flore Variegato（茴芹叶蔷薇），一百埃居①银币的吾亦红……它骄傲地伸展纤细的花茎，上面有着毛毛虫似的密集黑刺，雄蕊和雌蕊犹如头上的王冠。单层白色花瓣的一半是红铜色的，就像吸收了鲜血。

Rosa Dumetorum（荆棘蔷薇），茂密的蔷薇……五片浅杏色的心形花瓣，犹如刚刚羽化的蝴蝶正要展翅飞翔。

背景依然是白纸，什么都没有描绘。是在庭院里开放还是在花盆中开放？是晴还是阴？是早晨，是白昼，还是夜晚？是春是夏还是秋？不知道玫瑰是在何时何地开放。画玫瑰的画家雷杜德一百七十年前就死了。作为绘画模特的玫瑰或许也死了。某时某刻，在某个地方，某朵玫瑰在盛开。某时某刻，在某个地方，某个画家正活着。疏离于

---

① 法国古钱币。

过去现实的纸张那一方，玫瑰盛开着，犹如这世上并不存在的空想之花。

　　"那家炖牛肉店，前一阵我去了，结果没开门呢。"

　　"每周二休息嘛。"

　　"下次我们俩去吃那里的'废柴早餐'吧。"

　　"今天怎么办？"

　　"今天不好意思啊，我家那个吃不了外面的东西。"

　　"是吗？我家那个完全无所谓。打个电话告诉他我吃完饭回去就行。"

　　"我家不行的。以前出门上班的时候，也天天都要做盒饭的。"

　　"哎呀，真辛苦。那么，该回去买东西了。"

　　"东西冰箱里还有，不要紧。不过嘛，是该回了。"

　　"那我们走吧。"

　　和节子的享年年龄相仿的两个女人向出口走去。

*

　　又要变天了。还是说，只是太阳西下而已……残留在马路上的阳光黯淡下来，两个女人在拐角处一消失，风景便漫无目的地延伸开，仿佛既没有起点也没有终点。

今天会保持今天的模样，不会再向着明天开放。潜藏于今天的，是比今天还要漫长的过去……他感到自己正在侧耳倾听过去的迹象，又像是捂住了耳朵。

忽然，他听到有人在叹息。

那是他听到过的叹息。

那个五十来岁的男人一聊起自己的故事就会嘟嘟囔囔地哭起来，这在流浪者里很少见。

他说："我大学毕业后进了房地产公司。接近一亿日元的度假公寓，一个接一个地签单。房子是基本工资加提成，所以有时候月收入都超过了八十万日元。然而情况急转直下。泡沫经济崩溃后不到三年，公司就破产了，我只拿到退休金规定金额的百分之二十，因为还不起房贷而破产了。早知道会这样，当初动员提前退休的时候，就该把能拿的都拿到手早点转行啊。都怪自己对公司太忠诚，还天真地推测，虽然天天都说经济萧条，但是过不了太久应该就会好转。这些都成了致命伤啊。真是坠入深渊哪。不过，如果有妻子的支持，我也不是没可能东山再起。可是晴天霹雳啊，她竟然忘恩负义地给我拿出一张离婚申请书来。我不知道该说什么好，只能盖了章。这说明我们的夫妻关系恐怕比经济泡沫破灭得还要早啊。我平时为了销售工作反复出入银座、六本木，周六周日也要应酬打高尔夫，忽视了夫妇共处的时间。这就是报应吧。我妻子原来是空姐，非常漂亮，也因此很骄傲。可就算是这样，婚礼的时候大家也都夸我们是俊男靓女呢。我们在大仓酒店的果园厅举行了婚宴，来了一百八十人呢。没想到那就是我的人生巅峰了……"

说完这番话，他仿佛耗尽了所有精力，凝视着某一点，发出一连串的叹息："我竟然成了流浪汉……路过的人看我就像看什么脏东西……我的人生是不是已经跌入谷底了……我会不会就这样死在街头啊……"然后，就像松弛下来似的哭起来。

那个男人在上野逗留了将近半年，说要搬去新宿的户山，把小屋收了。没过多久，就听说他遭遇了初中生的袭击。

东京、横滨、大阪等地接连发生袭击流浪者的少年团伙作案。明天遭殃的恐怕就是自己——或许是因为这种忧虑不但蔓延，每当听到这种消息，恐惧都会在各人心中膨胀。

他们用方木料、金属球棒一类的东西殴打，对小屋放火……

把爆竹扔进小屋，趁流浪汉受到惊吓冲出来的时候投掷石块……

拿灭火器向小屋喷射，当流浪汉浑身白沫跑出来，他们就用气枪、广告牌和撬杠群殴……

当流浪者遭受拳打脚踢瘫软在地，他们就在极近的位置燃放焰火，导致流浪者失明，还用刀乱捅一气……

"编号　国②　上野恩赐公园管理所

更新时间　平成二十四年八月三十一日"

帐篷村流浪者的行李用蓝钢板和带子打包，每一个上面都像汽车牌照一样挂着行李调查表，上面按照公园内部的各自"地盘"分别标上了编号，例如国④、国①、西㉖、灯⑰、Su⑤、Su⑪等。"国"指国立科学博物馆，"西"指西乡先生，"灯"指上野东照宫的妖怪灯笼，"Su"① 指的是摺钵山——自己和小茂的小屋就是"Su"，在摺钵山脚的树荫里。

• 此编号表（bianhaobiao）必须一直挂在行李

———————————

① "摺"用罗马字标注发音就是"Su"。

（xingli）外侧（waice）能看见的地方。

• 此编号表（bianhaobiao）不允许外借（waijie）或转让（zhuanrang）。

• 不要保存（baocun）别人的行李（xingli）。

• 行李（xingli）限定为必需（bixv）品，不要太大。

• 下一次更新（gengxin）情况会在平成（pingcheng）二十四年八月通知（tongzhi）。

汉字分别标有拼音，反而读起来不方便①。他们大概认为流浪者连小学毕业的文化程度都没有达到。

嘎——嘎——嘎——帐篷村的树上，乌鸦们在竞相鸣叫。不知它们是瞄准了小屋里的食品，还是鸟巢就在附近。常常听见它们的叫声变得"咔咔咔"地凶狠起来，还夹杂着扑扇翅膀的声音，也许是乌鸦们在互相争斗。

有个小号的小屋，蓝钢板松了，屋顶的部分积攒了几天的黄色雨水和落叶。如果屋顶坡度平缓，下雨会积水，损坏蓝钢板，小屋主体的瓦楞纸板吸水发软的话会漏雨，因此不可撼动的原则就是屋顶要留够坡度……

小屋旁边放着自行车。自行车的前筐、车把和后架上

---

① 原文中是给汉字标注了平假名，为便于读者理解，译文改为了拼音。

挂着衣架、雨伞、软管、水桶等日常用品。捆绑小屋蓝钢板的绳子里夹着黄色儿童海滩凉鞋，上面还像手印似的留着脚趾头的形状。从小屋里支出来的扫帚柄上晾晒着女士内衣。

一个白发苍苍的老妇人掀开用图钉固定在蓝钢板上的门帘，从那个小屋里钻出来。就是她说的，在小屋里发现小茂的时候，人已经冰凉了。

老妇人像牙牙学语的婴儿一样，"吧吧吧"地弹着嘴唇迈出步子。右脚是皮鞋，左脚是阿迪达斯的白色运动鞋，鞋带已经系好了。

一个头戴白色厨师帽的男人小跑着穿过花园稻荷神社的红色牌坊。这个角落里有韵松亭、上野精养轩和伊豆荣梅川亭三家餐厅，他应该是其中一家的厨师。

老妇人对厨师和神社都视而不见，摇晃着身体沿着通往不忍池的缓坡向下走。她的灰色羽绒服外面还套着一件坎肩，上半身很臃肿，裙子大概是脱下放在小屋里了，下半身只穿着淡紫色的长裤。左裤腿从大腿根开始就裂成了条状，露出了穿着堆堆袜的一条腿。

老妇人在坡道中间"麒麟"的自动售货机前停下来，从衣兜里掏出两枚五十日元硬币和三枚十日元硬币，放在掌心上数完后握紧，"啊啊"地嘟哝着抬头看着自动售货机。她按下"透心凉～"文字下方的按钮,"嗯——嗯——嗯——"地呻吟着,弯下腰从取货口掏出一个"Amino Supli"的塑料瓶来。

老妇人仿佛拎了个重物似的用右手拿着瓶子,面无表情地沿着坡道回去了。

下到坡底就是动物园大街。

一个又高又瘦的流浪者拉着一辆两轮拖车向广小路方向走去。车上堆放着六个装满易拉罐的九十升装半透明垃圾袋,一袋六百日元的话,总共能卖到三千六百日元吧。

他那白发多于黑发的长头发用橡皮筋束在脑后,T恤应该是黄绿色的,裤子应该是灰色的,但是颜色因为过度洗涤几乎褪光,所以只剩下崭新的袜子黑得醒目。

不忍池的入口是出租车停靠点。停车带上十辆左右的出租车排成了队。距离队尾出租车五六米远的地方铺着一张蓝钢板,上面摆放着四五百个易拉罐。

车道和人行道之间的栅栏上绑着二十袋左右的便利店塑料袋,每一个里面好像都装着整理好的日用品。栅栏的网格上挂着湿漉漉的雨伞,竖着竹扫帚。放着被子、衣服和锅碗瓢盆等全部家当的板车上覆盖着蓝钢板。手推车的把手上用晾衣夹夹着装有绳子、劳动手套和面包片的塑料袋。

一个流浪者脑袋倚在栅栏上，两条腿平伸在易拉罐的队列中，茫然地注视着就在眼前来来往往的车辆。这时他的脑袋从栅栏上滑落，似乎是睡着了。

他在这里生活的时候，没有被赶到这种角落来。

上野公园里新立了两块大招牌。

走向世界遗产　国立西洋美术馆主楼提名为联合国教科文组织世界遗产

现在，日本需要这一理想的力量。让 2020 年奥运会来到日本！

如果负责评审世界遗产名录和奥运会申办城市的外国委员看见流浪者的小屋，大概会扣分吧。

不忍池和上野动物园里的鹈鹕池塘连在一起，而专门作为出口的弁天门的砖墙上拉着有刺的铁丝网。

有时候动物园会传来鸟类的鸣叫声。一只鸟开始叫，就会引逗得好几种鸟儿无法阻止地突然齐声鸣叫：呱呱，呱——呱，咯咯，咕噜噜噜噜噜，嘎——哎——啾啾啾，嘎——哎——嘎——哎——

哗啦一声水声响起，俯视水面，却看见乌龟和鲤鱼都伸出了脑袋，搞不清到底是哪一个发出的声音。

　　白色的家鸭和茶色的野鸭混合在一起，成群结队在荷花间穿梭，有的把喙埋在背上休息，有的倒立着把上半身插进水里，扑扇着翅膀抖落水珠。他以为那是家鸭，仔细一看黄色的喙尖端是呈钩状弯曲的。如果是海鸥或者黑尾鸥，应该就是从海边某处飞来的……这附近就是晴海码头吧……

　　在细长枝条浸没于池水中的柳树下，两个六十到六十五岁之间的女性正把胳膊支在栏杆上聊天。

　　"你不觉得麻雀变少了吗？"

　　"听说还有逮麻雀这种工作呢。"

　　"啊？真的？"

　　一定是在玫瑰图谱展上聊到武雄的那两个女人。两个人都把黑色皮包的带子十字交叉地背在身上，染成栗色的短发烫着明显的波浪，黑色和驼色西裤搭配白色和黑色的衬衫，无论是个头还是服装的喜好都太相似了，大概是姐妹或者表姐妹。

　　在她们脚边，一只雄家鸽正咕噜咕噜地鼓着腮帮子拦住一只雌鸽的去路，在它身旁绕圈圈。两个人眺望着对岸。

"听说还有烤麻雀呢。"

"啊，麻雀不是回来了吗？你看，就在头上！"

一群麻雀从天上四散飞落，在树顶上分成两队，一队落在柳树上，一队停在旁边的垂枝樱树上。

"哎呀，真讨厌。要是鸟屎落身上就麻烦了，而且看这天色要下雨了，我们赶快走吧。"

两个人穿过信号灯刚刚变绿的人行横道，沿着无家可归的老妇人买"Amino Supli"的自动售货机所在的坡道向上走。

一个身穿白色运动衫和黑色紧身裤的光头年轻人，踩着鲜红的运动鞋从坡道上跑下来。

年轻人跨过天龙桥，在洗手处前停下来。他用右手拿起勺子，从雕刻着"洗心"的岩石水盘里舀起水冲洗右手，再把勺子换到左手洗净右手，最后漱了口。他在辩天堂的功德箱前响亮地拍手鞠躬，然后飞快地从辩天堂周围的石碑林前跑过，后背因为气喘吁吁而剧烈起伏。眼镜之碑、河豚供奉碑、扇冢、甲鱼感谢之塔、东京汽车三十年会纪念碑、真友之碑、历冢、菜刀冢……

　　年轻人从腰包里取出一张一千日元的纸币，在神社事务管理所买了一个绘马匾，用万能笔在上面写下愿望，挂在绘马挂架上。

　　"感谢神灵。我顺利跑完了马拉松。今后也请多多关照。"

　　年轻人用挂在脖子上的毛巾擦拭着脸上冒出的汗水，读起其他人在各自的绘马匾上写的愿望来。年轻的时候，人们对于别人的愿望和丧失都不感兴趣，可他好胜的笔直眉毛下那双黑亮的眼睛里却明显兴致盎然。

　　"希望有很多学生来我的英语班，我能很好地指导他们。"
　　"但愿今后能够和睦幸福地生活。互相支持，永远在一起！"
　　"希望七月六日我能试镜成功。"
　　"中了大奖，感谢！"
　　"希望能够顺利搬家。"
　　"希望家里人都健康平安。"
　　"请保佑我今年一定要通过日语教育能力鉴定考试。

我会努力学习。"

"但愿女儿能够醒来。"

"我一定要变压力为动力！绝对要成为具有领导力的名副其实的男人！一定不忘初衷！"

"但愿今年养乐多必胜！"

"请保佑爸爸妈妈健康。"

年轻人把绘马匾大致浏览一遍，两者手交叉放在头上向着天空举起来。接着，他的红色运动鞋踢起了神社道路上的石子儿，跑过天龙桥边关东煮的路边摊。

禁止钓鱼　东京都
请不要给鸟、猫、鱼喂食。不忍池　辩天堂

在立着这个牌子的天龙桥南侧，沿着辩天门外不忍池的铁栅栏有一排小屋。这些小屋只是在地上铺好瓦楞纸板和毛毯，再在上面围上瓦楞纸板而已。不忍池周围是不能搭帐篷的。听说从前公园管理马马虎虎的时候，大家还钓鲤鱼、捉鸭子，围着篝火吃火锅，而现在警察、管理事务所一直在巡逻，不忍池周围公寓的住户也打会电话给台东区区政府投诉。

每个人与他们擦肩而过都会背过脸，却又有无数的人在监视着他们——这就是流浪者。

一靠近小屋，就会闻到刺鼻的猫尿味。一只戴着红色项圈的虎皮花猫从瓦楞纸板中爬出来，依偎在盖着黑色雨衣风斗的流浪者脚边。它很像小茂喂养过的埃米尔。男人叫了声"小虎"，猫儿"喵呜"地回应着，他伸出关节突出的手抚摸猫儿的脑袋说："小虎是个好孩子呀，是只小老虎呢。"虎皮花猫仰面朝天躺下来，扭动后背。

风吹过来，在不忍池的水面荡起涟漪，柳枝轻轻摆动，水池边的漫步道上，开出了各色雨伞的花朵。

和埃米尔相似的虎皮花猫的主人仰望天空耸耸肩膀说"小虎，下雨了"，撑开一把绿色雨伞支在瓦楞纸板上。

"淋湿会感冒的，你也进来吧。"

他把猫儿抱起来钻进伞下。虎皮花猫用它粗涩的舌头舔着主人喉结下的凹陷处，主人绽开胡子拉碴的嘴巴，露出稀稀拉拉的牙齿笑起来："好痒！"

下雨了——

那一天，雨下了整整一夜。

黎明时分，雨势断断续续地加大，雨水击打小屋蓝钢板的声音惊醒了他。

连袜子里都渗透着寒冷，两条腿的感觉都麻木了。

不用照镜子，他都知道自己面部浮肿，双眼充血。

他为了寻找结束生命的地方，在上野公园住了几天，结果感到疲惫不堪，在这里一住就是五年。

冬天很艰苦。

晚上冷得睡不着觉，白天离开小屋，像猫似的追赶着向阳的地方打盹儿。那些日子凄惨得让他几乎快要忘记自己也曾有过家人。

而那一天早晨尤其艰苦，让他感到活着这件事本身就很凄惨。

小屋门口贴着一张纸：

　　将要进行如下特殊清扫活动，请移走帐篷和行李。

　　日期时间　平成十八年十一月二十日（星期一）雨天也按原计划进行，上午八点三十分之前离开目前所在场所。

　　（上午八点三十分到下午一点整禁止在公园内走动。）

　　① 请把文化会馆背后的行李、临时聚集场所的钢板、樱树林荫路两侧的行李、摺钵山后的帐篷和行李搬运到管理所后背后的栅栏前。

　②　博杜安博士像、奏乐堂、动物园老正门、垃圾场、格兰特将军碑附近的帐篷和行李请搬到精养轩附近的"妖怪灯笼"前。

　③　不忍池、小船坞附近的帐篷请搬到不忍池中路。

　④　西乡像附近的帐篷请搬到 JR 一侧，行李请搬到此前帐篷所在一侧。

　⑤　精养轩附近树林里的行李从彩色圆锥标明的位置搬到"妖怪灯笼"一侧。

　⑥　收拾完帐篷、行李之后，不要留下电池、撬棍、钢管、刀具等危险品和胶合板。

上野恩赐公园管理所

　那一天，是开展"特殊清扫"活动的日子。流浪者把它称为"搜山"。天皇家族的成员来参观博物馆和美术馆之前，流浪者们必须把小屋收起来，离开公园。

　下着雨……

　他从被窝里伸出胳膊，把手表贴近脸颊，刚过五点。那是六十大寿的时候妻子节子和女儿洋子在仙台给他买的精工手表。

他当时说："已经不再出去打工了，现在要干活儿最多也就是下个地，用不上手表这种东西了。家里又有钟。"这样说是因为他不习惯接受礼物，不知道应该怎么样收下才好。

"我问洋子，有没有什么戴在身上的合适东西，洋子说手表好，所以我就在仙台藤崎和洋子两个人一起选了一个适合你的手表。四十八年来你辛辛苦苦外出打工，从今往后要悠悠闲闲地生活，不需要在意时间了。可是，你不能一样自己的东西都没有呀。"

当时，节子穿着一件记不清是红还是橙的鲜亮衣服，蓬松的白发和那颜色搭配起来很好看。那件衣服是冬天的毛衣还是春天的衬衫，他记不得了。节子的衣服就像雪洞灯一样，只有那里亮堂堂的，照耀着记忆中的手表。

他从盒子里取出手表戴在手上之前，看了看挂钟。挂钟比手表的时间快了五分钟，恰好"咚咚咚咚咚"地报时，五点整。"好了，我去做晚饭。"他听见节子说着站起来走到厨房。回到家乡半年，每天都从早到晚在一起生活，渐渐地，哪怕看不到人影，他也能听出来节子在家里哪个地方、在干什么。

他一动不动地注视着手表上的黑色指针。这块手表虽然是节子送给自己的礼物，在他心里却像节子的遗物。而万一他就这样贫困潦倒死在街头，能够判断他身份的线索说不定就是这块手表了。节子说这是她们母女俩一起在仙台买的，所以洋子或许记得这块手表……她是不是提交寻人申请了……在八泽那个家里……外孙女麻里……那只长身狗小太郎是不是还活着呢……

他辗转着想要起身，不知不觉却又睡着了。他梦见自己正穿着草鞋跨过八泽家里的浴桶，想要从窗户跳出来。就在他一只脚踩到窗框的时候，另一只脚上的草鞋落入了热水。妻子洋子似乎正光着身子准备洗澡。他姿势不稳定，不能回过头看，只顾怒吼道："就因为你不好好看着，才搞成这样的！把水弄得这么脏，浩一和洋子都洗不成了！"这声音把他惊醒了。笼罩浴室的白茫茫、温暖的水蒸汽一瞬间消失，这里不是八泽的家，节子和浩一也都死了——现实将他打倒在地。在梦里回到家，说明自己是真的想回去了……竟然像个小偷似的穿着鞋进了屋，还想从窗户逃走……那样凶巴巴地冲着节子怒吼，恐怕是至今依然对节子突然逝去抱有怨恨吧……他心里琢磨着，听见雨水猛烈击打蓝钢板屋顶的声音，看看手表。五点半了……得开始准备了……

那天是十一月二十日，是一个月里的第五次"搜山"。上野公园内部和周围有很多美术馆和博物馆，有时会接连不断地举行天皇家族成员到访的展览和活动。皇室车辆的行进路线里有上野公园正冈子规纪念球场前面的道路。但是，连那些在路上看不见的小屋也要强制性拆除，恐怕是因为想要申办奥运会的东京都企图利用皇族外出的机会，把在此生活的多达五百人的流浪者赶出上野公园。证据就是，天皇家族的成员回到皇居和赤坂御用地后，几个小时以内依然不能建小屋，晚上回到原来的地方，发现已经设置了禁止入内的牌子、栅栏和花坛，流浪者被关在公园外，流落街头……虽然知道会是这种情况，但皇族外出的时候，无论是下雨、下雪，还是台风登陆，流浪者仍然不得不收起小屋离开公园。

小茂告诉过他："行幸是指天皇陛下外出，行启是指皇后陛下、皇太子殿下外出，两者合起来就叫作'行幸启'。埃米尔，我会写一份状子，等黑色的皇室车辆来了，你能不能冲出去喊'我要请愿，我要请愿'，替我告御状啊？埃米尔去的话，警察是不会扣押的哦。'祈求陛下圣明，怜悯体察。臣悲痛至极，不禁大声疾呼。平成十八年十一月　微臣草莽埃米尔诚惶诚恐叩拜'。"小茂轻轻挠着埃米尔的胡须周围，埃米尔则昂起头用嘴巴蹭蹭小茂的指尖。

究竟是天皇家族的哪一位会经过上野公园，没有人事先通知。有时候是天皇皇后两位陛下，有时候是皇太子和皇太子妃两位殿下，有时候是文仁亲王及王妃两位殿下，有时候是其他皇室成员。公园管理事务所在小屋上张贴实施"特殊清扫活动"禁止事项通知，最早在行幸启的一周前，也有提前两天的时候。

中间不休息的话，小屋的拆除两个小时就可以干完，但是组装小屋必须要半天时间。去掉蓝钢板，摘掉作为屋顶、墙壁的瓦楞纸板、胶合板后，所有家当一瞬间就变成了堆成山的笨重垃圾。比起花费的时间和体力，这一点更让人心酸。无论是蓝钢板还是瓦楞纸板都是被人一度扔掉的东西，既然是用这些东西组合成住所抵御风霜雨露，要求他们拆掉也是无话可说，可是……

那一天，他从早晨六点开始拆除小屋，等他把家当堆在两轮推车上，盖上遮雨的蓝钢板，挂上"Su⑦"的行李调查表，是八点过。

只有小屋拆除后的地面是白色的。雨滴落下来，那块地眼看着就变黑了。他注视着，等到那里和周围的土地不再有差别，才撑开伞走入雨中。

他还没有决定去哪里。在寒冬雨天"搜山"的日子，如果有积蓄，可以在漫画咖啡馆、胶囊旅馆洗个澡睡觉，也可以在桑拿房度过如同假日的一天。单把贵重物品放在车站或者弹子房的免费储物柜，坐着山手线电车绕圈圈也

是一个法子。乘客少的时间段可以在有暖气的车厢里睡
觉，还可以从网架、车站的垃圾桶里捡了杂志带走……

可是那一天，他的腹部和背部很痛，身体不舒服已经
好几天了，他甚至怀疑自己不知不觉中得了大病。他不想
淋雨。如果可以，他想如同蓑蛾一样裹在被子里。

尽管撑着伞，横扫过来的雨水依然像小石子儿一样打
在脸颊和肩膀上。雨滴淌在眼皮上，看不清前方。他像
狗一样用嘴巴呼吸，拿胳膊擦拭脸上的雨水，可是外套的
袖子已经湿漉漉。雨水沿着后脖颈儿流到背上，浸湿了衣
服。寒气从脑后蹿上来，变成头疼悄悄袭来。尿意也超越
了忍耐的极限。他用尽全身的肌肉力量以防脚步蹒跚而摔
倒，紧握着雨伞一步一步地向公共厕所挪动。

他在公共厕所小便完，无意间看到了洗手池镜子中自
己的面孔。湿漉漉的头发贴在头皮上，额头和头顶都秃了，
仅剩少量头发也是白发居多。年龄不饶人，不仅是头发，
身体的各个角落也都在衰老。要在过去，他不会因为这种
程度的寒冷就瑟瑟发抖。无论是十二岁去小名浜渔港打工，
在船上起居的时候，还是建设东京奥运会土木工程的时候，
不管有多冷，他都从来没有握不紧渔网或者鹤嘴锄……

他的身体开始在潮湿的外套中微微颤抖。他竖起外套衣
领，把前襟拉到一起，仍然止不住地发抖。他为了御寒而原

地踏步，泡足了水的鞋子吧唧作响，他明白就连鞋子里都渗进了雨水。又没有掉到沟渠里，恐怕是鞋底破了洞……

离开公共厕所，雨势没有变化，但是天空看起来让人心情开朗了。

穿着便利店卖的透明雨衣的流浪者，两手推着载着全部家当的板车，向公园管理事务所指定的地点移动。

穿着绿色制服的清扫职员弯着腰，从一摊摊水洼中捡起貌似垃圾的东西放进塑料袋。

背着旅行包、乐器盒的年轻人从 JR 上野站公园口走来。有人在伞下戴着耳机听音乐，有的把雨伞凑近谈笑风生……沿着上野公园的繁华大街向前走，穿过东京都美术馆旁边就是东京艺术大学，他们大概是那里的学生吧。

还有单手撑伞骑着自行车穿过公园的男人……在雨中遛狗的女人。小狗戴着和主人一样的红色遮雨帽，穿着同样的雨衣，迈着碎步避开积水向前走。那是和外孙女麻里养的小太郎同样品种的长身子狗。要说起来，他和外孙女只在批评它的时候才喊它"小太郎"，平时都叫它"小太"。"小太，坐下……手……不对，这是作为交换的，你不把手举起来就不给你哟……手……好！……小太，可好吃了……原町今野畜产的肉腺子可好吃了！""外公，不能给小太吃油炸食品！猎獾狗腿短，长胖了会椎间盘突出的，所以必须注意控制体重。小太，吃饭的时候不许到外公那边去哦。"对啊，小太是猎獾犬……

沿着中央大街向前走，碰上园内清扫回收车经过，溅起的泥水打湿了裤子。

东京文化会馆外停着一辆十吨卡车。会馆屋檐上写有"TOKYO METROPOLITAN SYMPHONY ORCHESTRA"（东京都交响乐团），下面是生了锈的自行车停靠架，一个年老的流浪汉坐在屋檐遮不住的地方，坐在一个折叠圆椅子上，撑着一把伞。膝盖上蜷缩着一只大白猫。它脸上糊着眼屎和鼻涕，脏兮兮的，舌头从嘴里无力地垂下，看上去已经活不长了。自行车旁边的地上平摊着另一把伞，里面撒着切边面包的边儿，几只麻雀正在啄食。

十辆机动队的车辆从中央大街上野小路方向开来，停在大喷泉前面的广播体操广场。最前面的机动队的人员运输车辆，接着是爆炸物处理工具运输车、爆炸物处理筒车，还有拍摄暴动情况、采集映像作为证据的采证车辆等。

他一看手表，八点五十七分。机动队车辆在大喷泉前面停下来，警察从运输车里下来，挨个打开了伞。头戴深绿色帽子、身穿深绿色制服、脚蹬橡胶长靴的鉴定科警犬部队的警察，领着探查爆炸物的德国牧羊犬在园内所有的绿化带里东闻西嗅。

九点三十二分——距离要求流浪汉离开公园的时间已经过去一个小时。他在花园稻荷神社下了坡，站在不忍池的天龙桥畔。

雨珠一滴滴落在不忍池中，荡起一轮轮涟漪，散开，消失，再度散开，消失……他试图思考自己该向哪里去，却感到自己身体的核心似乎已被拔掉，就连打湿肩膀的每一滴雨珠都让他颤栗不止。

他眺望着干枯的残荷，却忽然间感到遮挡他视线的无数根雨丝变成了巨大的黑色幕布……自己无路可走的封闭人生清清楚楚地呈现在眼前。幕布早已落下……可是为什么还不离席……在这里看什么……

不忍池周围的散步道，明治时期曾作为赛马场，明治天皇也曾到访。等他回过神来，自己已经走在这条散步道上。道路宽敞，行人擦肩而过时雨伞和雨伞不会碰撞，鼓动、呼吸、声音也全都听不见。人、人、人、雨、雨、人……

他想起自己曾经喜欢那番景象——下雨的正月，乡里乡亲在日吉神社的石阶上来来往往，手里的雨伞时而倾斜，时而收起，在雨伞之间侧身互相拜年："新年快乐，今年也请多多关照"。时间流逝，发生的事情过去，一过去便消失无踪，却又留下来……无法忘怀……

　　大红色的百元硬币储藏柜出现在眼前。他的目光停留在流浪者之间称为"黄小子电影院"的上野 Star Movie 的招牌上。在同一栋大楼里，有同时上映两部日本电影的"Star Movie"，专门上映粉红电影的"日本名画剧场"和专门放映同性恋粉红电影的"世界杰作剧场"三个场馆。

　　花五百日元买张票，就可以在暖气很足的电影院柔软的椅子上睡到最后一部电影结束的早晨五点左右，所以寒冬雨天"搜山"的时候，不少人会来"黄小子电影院"。

　　进了剧场一看，后面的四五个座位已经有人了。虽然都是流浪者，但是没有和自己一样住在摺钵山的。上野公园内部的每个居住区域也都划地盘，地盘内的流浪者有着模糊的同伴意识，不仅有聊天、喝酒之类邻居似的交往，还会擦亮眼睛观察小屋，看是不是有人病倒、有没有其他地方的入侵者靠近。

　　他在最前面正中间的位置坐下来向前看。影片的名字叫作《夫妻交换　渴望刺激的巨乳妻》。平时他只要闭上眼睛就能立刻睡着，但是那天不行。自己身体内部似乎有什么东西驱走了睡意。

　　身后有人鼾声如雷，大概是喝过酒，飘来一股日本酒的气味。还有人脑袋靠在座位上，脖子左右摇摆，嘴里时而骂着"这个混蛋""蠢货""去死吧"。虽然没有一个人在看，但是放映机仍然运转着，把电影投射在屏幕上。

——在成人玩具公司做销售的丈夫，想要了解体验感，于是让妻子使用自己公司的振动棒。使用了振动棒的妻子向丈夫求欢，然而忙于工作的丈夫并没有回应。另一方面，丈夫顶头上司的妻子同样过着苦闷的日子。送走上班的丈夫之后，两位妻子就陷入倦怠期的夫妻生活互相倾诉了烦恼，想到了一个主意——交换丈夫。

画面上是纠缠在一起的男女裸体，他已经搞不清自己是在看什么了。眼睛深处不断刺痛，自己身上散发的酸臭味儿，在室外和小屋中并不在意，此时却格外刺鼻。他浑身发冷，令人厌恶的汗水从所有的毛孔中潮呼呼地渗出来，发酸的胃液涌上来，扩散在整个口腔。他打了一个嗝，感到自己就快呕吐，于是躬着身体离开座位，跑出了剧场。

雨小了，仿佛在每一个用伞藏起脸庞的行人身旁静静地诉说。然而天气相当寒冷，冷得让人疑惑为什么没有雨转雪。

行走着。寒冷和头痛束缚着他，他感到自己快要被挤出自己的身体，只有脚还在向前，向前挪动。他没有明确的想法，但是感到自己似乎正在走向小茂以前邀请他前去的图书馆。

他想要过马路，可是信号灯变红了。他看看庆祝花甲时收到的礼物——手表上显示为十二点二十九分。"特殊清扫"的张贴纸上写着"上午八点三十分到下午一点整禁止在公园里走动"。他从来没有早于规定时间返回过公园。可是，如果回去的话，又会产生什么不便呢？会违反什么规定？损害什么，侵犯什么？谁会为难，谁会生气？自己没有干坏事。只是无法适应而已。他可以适应任何一种工作，却唯独适应不了人生。无论是人生的痛苦，还是悲哀……还是喜悦……

他在中央大街的高架下穿过，踏上扶梯，看见了二〇〇〇年架起熊猫桥时建成的上野站最新的检票口。在熊猫桥检票口一旁，一个透明亚克力板大箱子里摆放着一只三米高的大熊猫公仔。熊猫桥上只有零零星星的行人。他只能看见擦肩而过之人的脚和地面的积水，证明他应该是蜷缩着后背低头行走，就像一个干了坏事被押解带走的囚犯……

鸽子停在前方大约一米的栏杆上，冲着这边伸长它的脖子。已经习惯人类视线的鸽子，飞落在他脚边，靠近得几乎一脚就会踩上它。但是它并不飞走，只是与人保持着几步的距离。或许是因为流浪者常用切片面包的边儿或其他东西喂它们。天气晴朗的日子里，流浪者会倚靠着跨线桥的铁栅栏吃东西或睡觉，但是今天一个人也没有。

他看见积水中有一颗黑色的 BB 弹。大概是某处的孩子用气枪瞄准过躺在地上睡觉的流浪者……又或是瞄准月台上等候电车的乘客开过枪……

跨线桥下排列着宇都宫线、东北线、高崎线、常磐线、上越线、京浜东北线、山手线内环、外环的站台。

曾经有流浪者从熊猫桥上跳下去撞电车自杀，警察为此来过摺钵山的帐篷村了解情况。据说，那个男人的小屋在国立科学博物馆前面的帐篷村里，他没有留下一件能够用来判断他真名、出生地和身份的遗物，也没有和他说话的伙伴。没有找到他在上野恩赐公园之外生活过的痕迹……

跨过熊猫桥上了台阶就是上野恩赐公园。没有拉管制线，也没有放广播。公园里流动着一如平日的日常景象。每天在固定时间穿过这座公园上班、上学的人们，恐怕并未注意到长椅上没有流浪者闲坐、蓝钢板和瓦楞纸板的小屋也拆除消失。在"特殊清扫"中清扫掉的不是他们的家，"搜山"抓到的也并不是他们。

他们或许没有注意到……没有注意到正冈子规纪念球场前正在对一名年轻男子问话的警察、一半便衣一半制服沿着繁华大街待命的警察们、国立西洋美术馆屋顶上监视下方的便衣警察，也没有注意到公园上方低空盘旋的直升机……

然后，便衣警察集中到东京文化会馆前，用黑黄相间的带子拉上警戒线，不让行人穿过马路，开始对从车站方向和动物园方向走来的人们解释道：

"接下来的十分钟这里禁止通行。如果着急，请从公园外绕行。"

他看见来往行人都把雨伞拎在手上，意识到雨已经停了，于是合上伞看看手表——十二点五十三分。

"是有什么情况吗？"

一个身着牛仔裤、粗呢短大衣的大学生模样男子问一个穿西装的刑警。

"天皇陛下的车马上要经过这里。"

刑警剃着平头，胖墩墩的，看上去更像个在路边摊的铁板上翻炒炒面的大师傅。

"是吗？太幸运啦！能亲眼见到天皇陛下呢！"

"啊？天皇陛下？"

"天哪！他们说是天皇陛下呢！多难得呀，看看再走吧，马上就会来吗？"

"马上就来哟。"

"哎呀！拍照拍照！我要发给妈妈！"

"车子哪一边是天皇陛下呢?"

"这边。那一边是皇后陛下。"

"哦?为什么天皇陛下会经过这里呢?"

"天皇陛下出席了在日本学士院举行的日本艺术振兴会国际生物学奖颁奖典礼。"

领路的白色摩托车骑警出现在国立科学博物馆那边。他看看手表,一点零七分。

白色摩托车后面跟着的是黑色轿车,天皇陛下的专车开过来了。

那是丰田的世纪皇家。引擎盖上插着"天皇旗"。红色的旗帜,上面有金色的十六瓣菊花纹。车牌那部分也有金色菊花纹。

后座上——正如刑警介绍的那样,驾驶座后方是天皇陛下,副驾驶座后方是皇后陛下。

偶然在场的大约三十名行人有的对着皇室车辆挥手,有的举起手机,一阵喧哗:"是真人呢!""特别近!还不到两米吧?""就像在电视里一样!"

以十公里的时速缓缓驶来的轿车把速度降到慢慢行走的程度,后座的车窗打开了。

将掌心朝着这边摆动的,是天皇陛下。

向车站方向的人们挥手的皇后陛下也将身体离开靠

背，朝这边点头致意，她漂亮的手指并在一起摇摆着，手掌洁白。皇后陛下身穿染有碎花的烟粉色和服，白色、浅红色、浅粉色和暗红色的枫叶从肩头开始散落在护领上。

天皇和皇后两位陛下近在咫尺。两个人向这边投来只能用柔和来形容的目光，与罪过和羞耻都毫无关系的嘴唇泛起微笑。通过微笑看不透两个人的心灵。但那不是政治家和艺人那种隐藏内心的微笑。那是从来没有经历过挑衅、贪婪、彷徨的人生……和自己一样度过了七十三年的岁月……天皇陛下同样出生于昭和八年，很快就要七十三岁了，不会有错。出生于昭和三十五年二月二十三日的皇太子殿下四十六岁……如果浩一活着也是四十六岁。他的长子和浩宫德仁亲王同一天出生，取其"浩"字起名浩一……

他和天皇、皇后两位陛下之间只隔着一根带子。如果冲出去跑到近旁，一定会被众多的警察当场扣押。不过，他们就能看见自己了，如果开口说话他们还能听见。

说话……

说什么……？

声音是空洞的。

他朝着沿着一条直线远去的皇室用车挥挥手。

他听见了声音……

　　昭和二十二年八月五日，身着西装的昭和天皇出现在停靠于原之町站的皇室列车。当天皇手扶礼帽帽檐向大家致意的那一瞬间，他听见了两万五千人高呼"天皇陛下万岁"的声音……

　　三十岁的时候，他下决心去东京打工，在东京奥运会竞技场的建筑工地当小工。奥运会的比赛他一项都没有看，但是昭和三十九年十月十日，他在预制板宿舍六榻榻米大的房间里，在收音机里听见了昭和天皇的声音。

　　"热烈祝贺第十八届现代奥林匹亚，我在此宣布，东京奥运会开幕！"

　　昭和三十五年二月二十三日，节子临产时，收音机里传出播音员欢快的声音……。

　　"皇太子妃殿下于今日下午四点十五分，在宫内厅医院分娩，亲王诞生。母子平安。"

　　他忽然热泪盈眶。他整张脸的肌肉都在使劲，试图忍住泪水，但是一呼一吸都摇晃着他的肩膀，他用双手捂住了脸庞。

……身后传来脚在地上拖着走动的声音，他回头一看，是个流浪者。那个人穿着过长的外套，踢踏着脚后跟向前走。东京文化会馆后面也有流浪者正两只手推着板车。板车上放着用蓝钢板覆盖的行李，把手上挂着雨伞。

他看见警察上了巡逻车和人员运输车，驶离了公园。"搜山"结束了。

他闻到雨水的气味。比起雨势最猛的时候，雨刚停时气味更浓。虽然东京各处的地面都覆盖着沥青，但是公园里有树木、泥土、青草和落叶，或许是雨水激发出了它们的气味。

三十来岁的时候，因为加班可以增加两成半的工资，所以他每天都加班。当他在雨停的夜晚走向车站的时候，会被下班回家的工薪阶层的人流吞没。他用沾满泥巴的鞋子踩着反射着耀眼霓虹灯光的湿漉漉沥青地面，闻着雨水的气味，心里想：这些人是要回到有亲人等待的家里去呢。

太阳光从西方天空云层的缝隙间倾泻而下，而东方天空依然阴云密布，似乎这雨随时还会下起来。

他听见潺潺水声，于是向文化会馆方向看去。但是他分不清那是雨水从管道里流出的声音，还是空调里有水在流动。

他抬头仰望天空，闻着雨水气味，听着水声，他恍然大悟，明白了自己接下来想要做什么。这是他有生以来第一次想到"恍然大悟"这个词语。不是因为受到某种束缚才去做，也不是为了逃避什么才去做，而是自己化身成为了乘风破浪前进的帆……他已经不在乎寒冷和头痛了。

银杏树叶的黄色就像溶化的水彩一样流淌入眼中。正在空中飞舞的树叶，被雨淋湿由人践踏的树叶，还有依然留在枝头的树叶，每一片每一片都黄灿灿的，让人怜惜……

成为流浪汉之后，他眼里只有落下的白果。他戴着塑料手套一颗颗捡起来，装满超市的袋子，再拿到饮水处，洗掉发臭的外皮，在报纸上铺开晾干，到 AME 横以一公斤七百日元的价格卖掉……

一阵寒风呼啸而来，飞舞散落的黄色树叶覆盖了整个视野。已经不必和流转的季节扯上关系了……但是，他实在不舍得让视线离开这犹如光之使者的黄色。

"哗哗哗"——他向盲人钟声音响起的山下大街望去，信号灯变绿了。

他穿过人行横道。

他从衣兜里掏出零钱买票。

他通过 JR 上野站公园口的检票口。

他看见了指示牌上的文字——"东北新线疾风号　开往新青森"。坐上那趟车的话，四个半小时之后就能到达鹿岛的车站——他琢磨着。但是，心脏的一次跳动便化解了这一动摇，他已经不必为了思乡而激动或痛苦了。

好几条道路都已经走过。

眼前留下的只有一条路。

它是不是归途，只有走上去才知道。

他下楼梯前往山手线内环的二号线站台。

噗——轰，轰隆轰隆，轰隆轰隆轰隆，轰隆，轰隆……他在楼梯中段差点撞上一位女性。她身材娇小，大约三十五岁，红色外套和娃娃头发型很相称……轰——隆，轰——隆，轰——隆，轰……她上台阶时依然把手机屏幕凑近脸颊，走到跟前才发现他，吓了一跳，抬起苍白而没有生气的面孔说："哎呀，对不起。"流浪汉！——一瞬间掠过惊诧之情的脸庞上笼罩着没有实现愿望的阴云。他在靠近台阶尽头时停下脚步回头看了看，红外套的背影已经上到了最高处……咚，噗，噜，噗嗤咔咔，咔咔，咔，咔……咔……咔……轰隆……咚……咻，噜噜噜，轰隆……她免于成为目击者——这让他略松了口气。虽然发到她手机上的有可能是个坏消息，但她今晚应该能睡得着觉，早晨起来会洗完脸吃点什么，化好妆换上衣服出门。人生就这样继续下去。日历上的昨天、今天和明天是有分割线的，可是人生的过去、现在和将来却没有间隔。每一个人都负担着独自一人难以承受的庞大时间，活着，死去……

他目送一列山手线内环电车开走，在等待下一班车到达的三分钟内，在自动售货机买了碳酸果汁，只喝了两口就扔进了垃圾箱。

"开往池袋、新宿方向的列车即将进站停靠 2 号站台。为避免危险，请您站在黄色安全线以外。"

他站在黄线上，闭上眼睛，向着电车靠近的声音倾倒了整个身体。

呜——轰，轰隆轰隆，轰隆轰隆轰隆，轰隆，轰隆……

在心脏里，他自身在搏动，在喊叫声中，身体弯曲变形。

在一片通红的视野里如同波纹扩散开的，是绿色。

田野……满水的，今年刚插完秧的田野……一到夏天，每天都得去拔杂草啊……稗子和水稻长得可像了，会吸取水稻的养分，所以必须仔仔细细看清楚……田地的绿色向后飞驰……我是在火车上吗？……哦，原来是常磐线……正从原之町开向鹿岛站呢……那是新田河……把脸贴近河面看看吧……配合水流的速度迅速摆动尾鳍，看上去就像静止不动的银色鱼儿……一群到了春天就从大海洄游而来的小鲇鱼……倾泻在河边原野上的炫目光芒……

每一个刹那都在闪闪发光，带着影子。映入眼帘的一切太鲜明，让他觉得不是自己在看风景，而是风景在看自己。黄水仙、蒲公英、蜂斗叶的花茎和花韭菜一个个都在注视着自己……。

迈步走出的身体就像有风在推动，他一下子就明白自己正行走在海滩上。伴随着波涛哗啦哗啦的单调声响，潮水的芬芳充盈整个鼻腔。和风、雨、花的气味不同，潮水的气味会留下来，就像蜘蛛丝一样紧贴在皮肤上。

他明明走在从小就看习惯的右田浜海滩上，却又像是进入了禁止入内的区域，他越过草帽的帽檐仰望天空。

有太阳。

他回头看。

潮湿的沙地上有脚印。

他眯缝起眼睛看大海。

天空和大海连接的地方就像钢一样光滑，而大海与沙子连接的地方，有波浪泛起细碎的泡沫，忙着把刚刚吞下的贝壳、海藻和沙子吐出来。

风时而从海边吹来，沙沙摇晃松林的枝条，带来松叶嫩芽的气息，犹如微温的叹息拂过脸颊。

他用目光追随风的背影，这才发现，那是他出生成长的北右田村落。

他的家从海边应该是看不见的，可是他却一清二楚地看到了屋顶。

蓝色天空万里无云，但他看见沿着地平线有一大团没有斑点的灰色层云。

他看见一群海鸟尖声鸣叫着，同时从松林中飞起，乘着上空的风四处纷飞。

大地嗡嗡作响，就像大型喷气式客机起飞。所有的声音沉寂的那一瞬间，地面晃动起来。

他看见电线桩就像船只的桅杆在波涛汹涌的海面上摇晃。

他看见人们从栽培西红柿的塑料大棚里跑出来，趴在土豆田里，惨叫着相互拥抱，紧抓住轻型卡车不放。

他看见杉树不停摇晃，花粉飞舞，把周围的空气染成了淡黄色。

他看见砖墙倒塌，屋顶的瓦纷纷落下，下水道井盖漂浮起来，道路裂开，水在喷涌。

防灾无线广播尖锐的警报声一遍又一遍响起。

"海啸预警已发布。预计到达时间为三点三十五分，最大浪高七米。请到高处避难。"

巡逻车和消防车鸣响警笛朝着大海急速行驶，手持麦克风里不断传来喊叫声："海啸来了，赶快避险！"

防波堤上的人们发现一道犹如地平线的白浪向陆地逼近，高喊着"海啸来了！""快跑！"仿佛被弹开似的飞奔而逃。

海啸在松林之上崩塌粉碎，尘土飞扬地卷起船只，折断树木，冲垮田地，摧毁房屋，冲毁庭院，卷走汽车，冲倒墓碑。屋顶、墙壁的木条、窗户玻璃、船只的柴油、汽车的汽油、消波块、自动售货机、被子、榻榻米、坐便器、炉子、桌子、椅子、马、牛、鸡、狗、猫、人、人、男、女、老人、孩子……

六号国道上开来一辆车。

开车的人是外孙女麻里。副驾驶座上是长身子的小太郎。她把车停在家门口，抓住拴在院里狗屋中的那条柴犬的锁链。她一定是又收养了一条被抛弃的小狗。她抱着狗上了车，砰地关上车门。就在她发动引擎的那一刻，后视镜里出现了黑色的波浪。

麻里握紧方向盘，踩下离合器，把车直接倒着开上六号国道，然而黑色的波浪追上汽车，将它吞没。

载着外孙女和两条小狗的汽车被回卷的波浪带走，沉没在大海中。

当潮水的喘息平静下来后，汽车包裹在大海的光芒中。透过前挡风玻璃，能看见麻里宠物医院的粉色制服。海水钻进她的鼻腔和口腔，她飘荡在水里的头发随着光线的变化看上去时而是茶色，时而是黑色。圆睁的双眼已经失去了灵动的视线，犹如闪闪发光的黑色裂缝。那是和女儿洋子一模一样、从妻子节子那里继承而来的修长眼目。长身子的小太郎和柴犬，与麻里一起在车中断了气。

无法紧紧拥抱，也无法抚摸头发和脸颊。无法呼喊她的名字，也无法放声大哭，连眼泪都流不出来。

他凝视着麻里紧握狗链的右手，她指纹上的旋涡开始发白发涨。

光线一点一点地暗下来，大海恢复了平静，犹如陷入了昏睡状态。

等到外孙女的车融化在黑暗里再也看不见，从承受海水重压的黑暗中传来那个声音。

呜——轰，轰隆轰隆，轰隆轰隆轰隆，轰隆，轰隆……

身着各式各样服装的人，人，男人，女人，他们的身影从黑暗中渗透出来，月台悠悠荡荡地浮现在眼前。

"开往池袋、新宿方向的列车即将进站停靠2号站台。为避免危险，请您站在黄色安全线以外。"

后 记

开始构思这本小说是在十二年前。

二〇〇六年，我就天皇外出前的"特殊清扫"进行了采访。流浪者把这一清扫称为"搜山"。

进行"搜山"的时间只有一种通知方法，就是直接把通知贴在流浪者的蓝钢板"小屋"上。最多提前一周贴通知，也有提前两天才通知的情况，因而我请住在东京的朋友去上野公园，把通知的信息传给我。

我住在上野恩赐公园附近的商务酒店，从流浪者收起"小屋"的早晨七点到回到公园的五点，追踪了他们的足迹。

那是严冬里下着倾盆大雨的一天，其艰辛程度比我的想象高出好几倍。

我进行了三次"搜山"的采访。

我和他们一边聊天一边走，了解到他们当中东北地区的人很多，是通过集体就业或打工来到东京的。倾听他们的讲述，我时而附和，时而提问。那时候，一位七十来岁的男性在我和他之间的空间里，用两只手画出三角形和直线。

"你有，我们没有。有它的人理解不了没它的人是何种心情。"

他画的是屋顶和墙壁——家。

在那之后，八年的时光溜走了。我怀着对这部作品的惦念，出版了五本小说和两本非虚构的对话集。

二〇一一年三月十一日，东日本大地震发生。

三月十二日东京电力福岛第一核电站一号机组发生氢气爆炸，十四日三号机组发生氢气爆炸，十五日四号机组爆炸。

四月二十二日，核爆炸点二十千米半径内的地区被划定为封闭的"警戒区"。我从四月二十一日就开始前往核电站周边地区。

二〇一二年三月十六日起，我在福岛县南相马市政府设立的临时灾害广播局"南相马云雀FM"中，主持每周五的三十分钟节目"两个人和一个人"。

节目内容是对居住在南相马，或出生于南相马，或与南相马有渊源的"两个人"进行访谈。

到目前二月七日为止，节目已经播放了九十四次，因此我已经对超过两百位嘉宾（有时是三位）进行了访谈。

除了广播，我还会前往南相马市内（主要是鹿岛区）的临时住宅集会所采访老年人。

我屡次听他们提到，当地在建立核电站之前，所有男性成员必须外出打工才能维持生计的贫困家庭很多。

有的人房屋被海啸冲毁，或者家园处于"警戒区"，因此被迫过着避难生活。有的人在远离家乡打工的过程中，失去可以回归的家园，变成了流浪者。两者的痛苦相对地存在于我的内心，我想写一部如同合叶将它们联系起来的小说。

然后，在来往于南相马和镰仓自己家期间，我在上野公园附近的酒店里住了下来。

和我第一次采访"搜山"的二〇〇六年相比，上野公园发生了戏剧性的变化，变得干净了，流浪者被驱赶到了有限的区域内。

去年，二〇二〇年东京奥运会和残奥会申办成功。

前几天公布的数据显示，东京奥运会的经济效果将达二十兆日元，会产生一百二十万人的雇用机会，例如住宿、体育设施的建设、道路等基础设施的提前完善等。预计国民储蓄将转为消费，例如购买高清电视等高性能电器，购买体育用品等，景气将会攀升。

另一方面，也有报道担心奥运会的特别需求将集中在首都圈，材料价格高涨和人手不足或许会加重东北沿岸地区修复和复兴滞后情况。

我想，在地震和核电站事故中失去家园和工作的父与子们或许会从事与奥运会相关的土木工程。

很多人正透过希望的镜片注视着六年后的东京奥运会。正因如此，我才会去看这个镜片无法聚焦的东西。

那是"感动"与"狂热"的前前后后……

最后，在本书出版之际——

感谢居住在南相马市鹿岛区角川原临时住宅的岛定巳先生，为我讲述了外出打工参与一九六四年东京奥运会体育设施土建工程的详细情况。

感谢曾是小学老师的菅野清二先生，为我介绍了核电站建设以前相双（相马、双叶）地区的情况。

感谢南相马市鹿岛区胜缘寺的住持汤泽义秀先生和该市原町区常福寺的住持广桥敬之先生，告诉我相双地区真宗移民的历史。

感谢鹿岛区的佐藤和哉先生，就方言对我进行细致指导，并完成时代考证。

还要感谢《文艺》总编高木礼（音）子女士，坚持不懈地等待我完成这部小说，感谢责编尾形龙太郎先生，与我和主人公一起走过故事的时间。

柳美里　二〇一四年二月七日